ぼくらの風船

美山よしの
MIYAMA YOSHINO

幻冬舎 MC

ぼくらの風船

1 深海の岩

新緑だった白樺の葉が濃緑へと深みを増して、昼下がりの初夏の陽光をはね返している。

文字から離れて顔を上げた僕の目に、その緑は驚くほど鮮やかに飛び込んできた。

いつの間に、こんな季節になっていたんだろう。

椅子から立ち上がった僕は、窓を全開にして外の風にあたった。土と、青臭さの混じった夏の匂いがした。

「休憩ですか」

分厚い本を広げたまま、老眼鏡を鼻の半分までずり下げて上目遣いに白石先生が尋ねてきた。長年教鞭を執っていた白石先生は、いつも聞き取りやすいしっかりとした発音で喋ってくれる。それでいて、雰囲気はとても穏やかで、物静かな先生だ。同じ部屋にいてもあまり一緒にいる気配がしない。だからいつも僕は気兼ねなく本の世界へ入り込むことが出来た。

でも、今日は何となく、集中出来ない。

「ちょっと、風にあたりたくなって」

グラウンドと反対の山側に面したこの社会科準備室は、一年生の時からの僕の憩いの場だった。社会科準備室、といえば立派に聞こえるが、実際は白石先生の自室に近かった。あちこち乱雑に本が積まれていて、そのほとんどが白石先生の私物だ。歴史物ばかり、多分相当マニアックなものも多いのだろうが、僕にはその区別さえつかない。ただ僕でも読めるような、そしてもっと読みたくなるような、歴史にどんどん興味が湧いてくるような、そんな心をくすぐる本をいつも僕に薦めてくれる。

「今日は、部活動はよかったんですか」

「さぼっちゃいました」

「そうですか」

今日は休みです、と言ったとしてもきっと同じ返事をしただろうと思えるトーンで、白石先生は優しく答えた。静かであたたかい祖父のような先生。白石先生の気分が乗った時に語ってくれる過去の偉人たちや、それらにまつわる数々の物語を聞く時間が僕は好きだった。僕にとってここは、日常のいろんな雑音から逃れられる唯一の空間だった。

と言っても、とくに今の僕に深い悩みや煩わしさがあるというわけでもない。小学校からほぼ持ち上がりで中学校に入学し、二年生になって、生徒も先生も去年から顔ぶれは変わらなくて、授業を受けて、部活に行って、そんなかわり映えのしない時間が流れていく毎日の中で、ああ高校入試までまだ長いなぁ、なんて、要するに今は中だるみの時期らしい。

「白石先生がこの前話してくれた平家物語、面白かったです。この本、家に帰ってもずっと読んでて、ラストまでもうすぐです。次は、源頼朝の方ですよね」

「それは早い。なら源平合戦の、扇のくだりまでいきましたね。戦いの中にも雅やかな空気が流れていたでしょう。それは平家が武士であり、公家でもあったからなんですよ。平家の者の中にはお歯黒をして鎧兜を身に付けて、歌を詠む若武者もいました」

急にいきいきとし始めた白石先生はいつもの聞き心地の良い声で、幾百年前の武人たちのドラマへと再び僕を誘っていった。吹奏楽部から漏れる楽器の音や、屋内練習で走る陸上部員の床とゴムが擦れて鳴る靴の音や、鐘の音や、そういった放課後の校内に響く音と、白石先生の声。僕はここにいる時だけ、まるで自分が、この学校とは全く関係のない部外者になったような気になる。それは例えて言うなら、深海の底にある小さな名もない岩になったような気分。そんな異空間のような時の流れに、僕は浸っていた。

野球部の部員たちが今日もグラウンドで練習をしている。歩きながら、いつものように僕はフェンス越しにだいちゃんの姿を探した。人一倍大きな体格をしただいちゃんは、どこにいてもすぐに見つけられる。クラスは別々になったけれど、だいちゃんとは小学校の時からの仲だった。中学にあがってからだいちゃんは野球部に、僕は陸上部に入部した。ただ平部員の僕とは違って、入部した時からだいちゃんは顧問の平良先生に特別に目をかけてもらっていて、だいちゃんもそれに応えようと人の何倍も練習を重ねていた。

だいちゃんが僕から遠く離れていくようで、ほんの小さな寂しさを感じるのは、どう説明したらいいいだろう。何の取り柄もない自分と無意識に比較しているのか、だからそんな言いようのない居心地の悪さから白石先生のいる静の世界に逃げ込んでいるのか……僕は自分でもわからなかった。

「まことー！」

下校時間をとうに過ぎてひとりで歩く僕の姿は目立ったのか、遠くにいたはずのだいちゃんが大きな声で僕を呼びながら、走ったと思ったらもう僕の前まで来ていた。

「もう帰んのか？」

陸上部ももちろんまだ自主練の途中で、だからそう聞いてきただだいちゃんに部活をさぼったとも言いづらくて、まあね、と曖昧に返事をした僕に、

「明日、部活休むから一緒に帰ろう」

と、意外なことを言ってきた。

「だいちゃんが部活休むの？」

驚いて、僕はフェンスの向こう側に立っているだいちゃんに聞き返した。

「トレーニングし過ぎて、体が痛ぇんだ。平良先生が、一日筋肉休ませろって。練習見てるのも勝手に力が入るからだめなんだって。したっけ、明日な」

1

だいちゃんは僕にそう言い残し、また部員たちの輪の中に戻っていった。真っ黒い顔が、眩しいくらいに光っていた。それはだいちゃんの体から発せられる光線のようなものだ。だいちゃんは、どこにいても人目を引く。人を惹きつける強い光を持っている。そんな素材を持った人間が、更に努力を重ねる。素晴らしいことだと思う。体が痛くなるほど、少し休めと言われるほど毎日練習することなんて、きっと僕には出来ない。そう思うと、今の自分が少し後ろめたくなった。

家から学校までは徒歩十五分、その中間くらいの地点に、時々僕らが寄り道する小さな公園があった。夕方近いから閑散として、小さい子供はほとんどいなかった。

「まことと一緒にここに来るの久しぶりだよなぁ」

ガリガリ君をかじりながら、だいちゃんはそう言って僕らが座っている親子ブランコをゆらりゆらりと揺らした。ガリガリ君は昔からだいちゃんの好物だった。夏でも冬でもいつも関係なく食べていた。がんがんに暖房の入った北海道の室内で食べる真冬のアイスは、夏よりも数倍美味しい。真冬に二人でふざけて、雪の中で食べたこともあったっけ。だいちゃんの家の向かいには昔、まあまあの広さの畑があった。今では家が建っているその場所は冬になると町内の雪捨て場になって、当時はそれがけっこう重宝されていた。大人にとってはただ煩わしいだけの雪も、子供たちにとっては全てが遊び道具で、町内中から集まった雪の中で僕らは大喜びで雪だるまやカマクラを作って遊んだ。苦労して二人で大きなカマクラを作った時、その中で何をするか悩んだ末に、ガリガリ君を持ち込んでふざけながら二人で食べた。寒い所で冷たい物を食べて、あの頃はそんな馬鹿馬鹿しい行動がいちいち面白かった。雪山のある公園では、飽きるまでよくソリ遊びをした。体の重いだいちゃんがソリの先頭に乗ると、僕が滑る時とは比較にならないくらい速くて、ものすごいジャンプをしてソリから投げ出された時は二人でお腹がよじれるほど笑った。

ゆらゆら揺れる親子ブランコの中で、アイスひとつでそんなたくさんの思い出がよぎるくらい、季節を通して僕とだいちゃんは多くの時間を一緒に過ごしてきた。

1

　ふと、向かいに座るだいちゃんとの膝の高さの違いを感じて、だいちゃん、また体が成長したなぁと思った。なんならこの親子ブランコも、だいちゃんの方にずんと傾いでいる。こんな小さな空間の中にいると、体格の違いを嫌というほど感じてしまうが、そんな些細な心の動揺を押し隠すくらいの術はもう僕にも身に付いていた。四月生まれのだいちゃんは早生まれの僕とほぼほぼ一年の差があって、体の成長が追いつかないというのは否めないのだ。だけど本音を言えば、三月になんて生まれたくなかった。お母さんは子供を産むなら早生まれがいい、学校の勉強を一年早く始めさせられるから、といいことみたいに言うけど、当の子供にしてみたら、いらないコンプレックスを抱えさせられて迷惑な話だった。飛び級制度のある海外の学校に通うＩＱの高い子供は、勉強は出来ても、体育や図工といった実技の時間ではものすごく苦労しているのだと聞いたことがある。大人と子供みたいな体格の差は、僕のような年頃の男子には、過酷な現実だった。

　年頃、そう、ただ一緒にいるだけで楽しかった友達との時間に余計なことを時々思うようになったのは、僕がそういう「お年頃」だからなんだろう。

「で、そん時、織田先輩がな」

だいちゃんのもっぱらの話題は、野球と織田先輩、と決まっていた。

一学年上の織田先輩は野球部の部長の他に生徒会長を務めていて、エースで四番で、格好いいし、成績も優秀だし、親は市議会議員でＰＴＡ会長で、という、もう今から将来を約束されているような誰から見ても完璧な人だった。だいちゃんは野球部でその織田先輩と平良先生に期待され、可愛がられていた。織田先輩が大好きで、彼氏の自慢をする女子みたいに織田先輩の話をする時のだいちゃんはちょっと可愛い。

でも、いつまでも織田先輩の話を止めない最近のだいちゃんを見ていて、内心で僕は少しずつ心配になっていた。

そっとだいちゃんの顔を見た僕の様子に気付くことなく、だいちゃんは夢中で織田先輩の話をしていた。だいちゃんは昔から、まっすぐな子だった。何かに夢中になると、一心にそこに向かっていく集中力はたいしたもので、いつも何かを追いかけていないとだめな子だった。そしてそれが、たしかにだいちゃんの大きな力になっていた。

ただ、それが対人間の場合は、相手があることだから、多分いつも自分の思い通りにいくことばっかりじゃない。いなくなってしまったり、自分が思っていたのと違ったりした時の反動が、僕は怖かった。僕らが小学六年生の時、だいちゃんのお母さんは、よその家のお父さんと再婚をした。その時にひどく荒れただいちゃんの姿を、僕はよく覚えていたから。

「だいちゃん、だいちゃん、だめだって！」

あの頃、僕は何度そう叫んで暴れるだいちゃんの止めに入っただろう。小学校時代のだいちゃんは、良くなったり、悪くなったり、ひどく情緒の不安定な中にいた。それがようやく落ち着いたのは、平良先生と出会ってからだ。平良先生について野球に打ち込むことで、だいちゃんはすごく成長した。そして、他にも慕う人間が出来たことはとても喜ばしいことなのに、なぜか僕は、じわっと込み上げてくる不安な思いを拭えずにいた。

それはきっと、だいちゃんの生い立ちや、ひとり味わってきた孤独を僕が一番知っているからなんだろう。

お父さんの手紙

だいちゃんと僕が同じクラスになったのは、小学校三年生の時だった。その頃のだいちゃんは、始終落ち着きがなくて、先生の言うことなんてまるで聞かない、周囲を困らせてばかりのいわゆる問題児だった。皆で遊んでいてもすぐにルールを破ってぶち壊すから、遊びそのものが成立しなかった。それでも誰もだいちゃんに文句が言えなかったのは、だいちゃんが学年で一番体の大きな子だったからだ。桁

1

違いに体格の違う子が近くにいるというのは、子供たちにとっては、圧力そのものだった。

僕らのいた三年三組の間では、いっ時、休み時間に皆でドッジボールをするのが流行った。当時から体の小さかった僕はちょこまかと早く動くことは得意で、明るく活発だったからクラスでも目立っていた方だった。そこに目をつけたのか、やがてだいちゃんは、このドッジボールで僕だけを集中的に狙うようになっていった。

びゅんびゅん僕の方に飛んでくるボールをたくみによけながらボールの行き先を目で追うと、外野にいるだいちゃんの手にまたボールが回される。味方が取ったボールはみんなだいちゃんが自分によこせと合図を出すからだ。だんだん変な空気になっていって、だいちゃんの真似をする男子がひとり、またひとりと増えていき、いつしか僕は男子たちの標的になっていた。教室に戻ってもドッジボールの空気を引きずったようなクラスの雰囲気に、当時の僕は押しつぶされそうだった。

それが今では一番の親友になっている。それはみんな、お父さんのおかげだ。お父さんからの手紙が、僕らの関係を変えた。

あの当時、僕のお父さんは仕事の都合から単身で大阪に暮らしていた。お父さんはそんな時に、離れて暮らす僕とペンフレンドになろうと提案してきた。お父さんにはお父さんのこだわりがあったらしく、自分の名前はまだ難しいだろうが下手でもいいから漢字で書け、とか、必ず日付を入れろ、とか、いろいろうるさく注文してきて、でも僕は言うとおりにその決まりをちゃんと守った。

実際に机に向かってあらたまって手紙を書こうとすると、始めは全然ペンが動かなかった。伝えたい言葉を考えて、考えて、何度も書き直して、そうして書きあがった手紙を封筒に収めて、お父さんの住んでいる住所を書いて、切手を貼ってポストに投函する。そんな工程を時間をかけて自分でやるうちに、僕はお父さんとなにか特別なやり取りをしているような気持ちになっていった。

だけど、クラスであった嫌なことを、あの頃の僕は誰にも言えないでいた。お父さんへの手紙にも書けなかった。このもやもやした気持ちをまわりの大人にどういう言葉で伝えていいのか、わからなかったからだ。そのうち原因不明の腹痛まで出てきたけど、保健の先生にどういうふうに痛いのと聞かれても、やっぱり「痛い」としか答えられなかった。

僕の通っていた小学校は緩やかな坂の上にあって、その坂を下って中小路に入った一軒の床屋の脇を通り抜けると、そこには小さな空き地があった。当時の僕の小さなかくれ家だった。体調不良で初めて学校を早退した日、僕はまっすぐ家に帰らず、この空き地に寄り道をした。

何のためにここにあるのかわからない、空き地のすみにある石のブロックに腰を下ろして、僕は、はぁと大きなため息をついた。この頃はいつもこうやってぼんやりと時間を過ごしてから家に帰ることが多かった。

『なにか、こまったり、なやんだりしたときには、お父さんにはなしてください』

その時不意に、僕はお父さんからもらった手紙の言葉を思い出した。

『だれにもひみつにして』

『いつでもまことの味方です』

次から次に、忘れていた手紙の言葉が僕の頭の中にシャボン玉のように浮かんでは、消えていった。

僕はランドセルから筆記用具を出し、学習ノートを広げた。便せんを持ってきていないので、ノートを便せん代わりにした。

お父さんへ
お父さん、お仕事がんばっていますか。
ぼくは今、学校で、リコーダーのれん習をしています。ぼくは8はんです。8はんはいちばんに「かっこう」の合かくをもらいました。そのあとのかだいの「カノン」と「ぶんぶんぶん」も合かくしました。今「ウィーンのおどり」をれん習していません。でもとてもむずかしくて、なかなかうまくふけません。

ぼくのクラスには、だいちゃんという男の子がいます。だいちゃんは、とても体が大きくて、力がつよい子です。すごくいじわるで、ぼくらのはんが先生に発表するとき、ぼくがリコーダーでまちがえると、わざとわらいます。ほかの子たちも、そのまねをするので、ぼくは、前みたいに、上手にふけなくなってしまったような気がします。みんなの前に出ると、きんちょうします。

この前、体いくの時間に50メートル走のタイムを計りました。いっしょうけんめい走ったのに、あとからだいちゃんは、「フライングするな」と、ぼくにもんくをいってきました。「そんなことしてない」とぼくがいいかえしたら、たかはしくんや、今井くんが、「そうだ、フライングするな」とだいちゃんの味方をして、ぼくをせめてきました。ぼくは、そんなずるなんてしなかったのに、ちがうっていったのに、だれもしんじてくれませんでした。そのときから、ぼくのあだ名はここまで書くと、僕の目から大きな涙がこぼれてきた。

ずっと我慢していたから、止まらなくなった。しばらく気の済むまで泣いたら、不思議とすっきりした気分になって、それからさっき書いた手紙をノートから切り離して僕はびりびりとやぶり捨てた。これは、弱虫の手紙だからだ。やっぱり、学校の中での自分の弱くて格好悪いところなんて、お父さんにだって見せたくはなかった。

新しいページを開き、僕はお父さんへの手紙を書き直した。

1

お父さんへ

お父さん、お元気ですか。ぼくは元気です。

ぼくは今、学校で、リコーダーのれん習をいっしょうけんめいしています。はんで力を合わせて、アンサンブルのれん習をしています。アンサンブルというのは、上のパートと下のパートに分かれて合そうすることです。このアンサンブルで、はんのぜんいんが一曲一回もまちがえずに合そうができたら、みはる先生が、がんばりカードに合かくのしるしのシールをはってくれます。いろんなどうぶつのシールで、つぎはどんなシールなんだろう、とそうぞうするのがたのしみでいます。

ぼくは8はんで、8はんには、田村じゅんくんと、ふえのリーダーのみうらさんと、山田さんがいます。8はんはいちばんに「かっこう」の合かくをもらいました。そのあとのかだいの「カノン」も、すぐに合かくしました。「ぶんぶんぶん」は何回かまちがえてしまいましたが、この前やっと合かくしました。すごいでしょう。

今8はんで、「ウィーンのおどり」をれん習していますが、とてもむずかしくて、ぼくはすぐ、まちがえてしまいます。

ぼくのクラスには、だいちゃんという体の大きな男の子がいます。だいちゃんは、ぼくがリコーダーでまちがえたりすると、わざとわらいます。ほかの子もそのまねをするので、ぼくはすごく、いやな気もちになります。どうしたら、やめてもらえるでしょう。

それから、みんなの前に出ると、すごくきんちょうします。きんちょうしない方ほうがあったら、おしえてください。

十月十三日　　　　結城まこと

1

まことへ

おてがみありがとう。お父さんも、毎日大阪で仕事をがんばっています。

まことも、アンサンブルのれん習をがんばっているのですね。つづけて三つも合かくをもらえて、えらかったですね。「ウィーンのおどり」がどういう曲かお父さんは知りませんが、タイトルを見ても、なんだかすごくむずかしそうな曲ですね。

でも、むずかしいことにちょうせんしてがんばることは、とても大切なことだとお父さんは思います。何回も何回もまちがえて、そうして、上手になっていくものだと思います。だからまこと、まちがえることは、はずかしいことではありません。人のしっぱいをわらうことのほうが、ずっとずっとはずかしいことです。

だいちゃんにわらわれて、くやしかっただろうと、お父さんも、とてもくやしいです。

どうしたらやめてもらえるのか、と、まことは聞いてきましたね。

でもだいちゃんがどんな子なのか、お父さんは知らないので、お父さんにもわかりません。だいちゃんだけじゃなく、他の子も、みんなそうです。人のこうどうを変えさせるということは、実は、とても大変なことなんです。

だから、その思いを、自分に向けてほしいとお父さんは思っています。自分を変えることは、自分にしかできません。でも、人を変えさせることよりも、ずっといみのある大切なことだと思います。

まことがみんなの前に出てきんちょうするようになったのは、きっと、だいちゃんにわらわれて、少しだけじしんをなくしてしまったからなのかもしれないですね。みんなの前に出て発表するとき、手に「人」という字をかいて、のみこんでみてください。そうすると、きんちょうしなくなる、おまじないです。先生に発表するときはこのおまじないをしてから、ゆっくりといきをはいて、リラックスして発表してください。

1

だいじょうぶ、そうしたら、きっとうまくふけます。もしも、まちがえてしまっても、どうどうとしていてください。さいしょからなんでもできる人なんて、どこにもいません。だから、わらわれても、気にしてはいけません。

大人になっても、社会にはいろんな人がいます。大人のせかいにも、人をいじめる人がいます。でも、それに負けてはいけないのです。まことの心をきずつけようとするわるい気もちに、まことから、まことの大切なものをうばおうとするわるい気もちに、負けないでください。

お父さんはいつも、まことのことをおうえんしています。本当に、本当にまことがこまったときには、お父さんはいつでもそっちにとんでいきます。自分はひとりぼっちじゃないんだということを、忘れないでいてください。

まことのリコーダーの発表がうまくいくことを、心からねがっています。

十月十七日

結城　稔

お父さんへ

お父さん、おへんじありがとう。

今日は、8はんのみんなで学校にのこって、アンサンブルのれん習をしました。ふえのリーダーのみうらさんがやさしくおしえてくれたので、いつもまちがえるところが、まちがえないでふけるようになりました。もし、明日もうまくできたら、先生に発表しようとみんなとやくそくしました。そのときは、お父さんがおしえてくれた、きんちょうしないおまじないをやってみます。だいちゃんなんかに、負けません。でも、それは、だいちゃんとけんかをするとか、そういうことではありません。

ぼくは、ぼくに負けないように、がんばります。くやしい気もちや、かなしい気もちに負けないように、がんばります。

お父さんがいつも近くにいてくれているような気がするから、ぼくはだいじょうぶです。

十月二十一日　　　　　　　　　　　　　　　　結城まこと

1

僕がお父さんへこの手紙を出した翌日、美春先生に発表した僕らの班のアンサンブルは、大成功した。

「合格！」

美春先生が笑顔で作ってくれた丸印を見て、僕ら八班の皆は、やったー、とハイタッチをして喜んだ。

「やっと合格したから、今日は練習じゃなくて、外で遊ぼうよ」

僕の声かけで、放課後に八班の皆とグラウンドに出て遊び始めた。そんな僕らの様子を見て、三組の他の子たちも仲間に加わってきて、その日は皆でかけっこや氷

おにをして遊んだ。久しぶりにたくさんの子が集まって遊んだこの日を境に、

「まことくん、今日も皆で遊ばないの」

「また、ドッジボールとかしようよ」

僕にこんなふうに話しかけてくれる子が増えていった。元気を取り戻し始めた僕のまわりには少しずつ友達が戻ってきた。人を変えることは大変だとお父さんは言っていたけど、きっと、自分が変われば人も変わるんだと、僕は僕なりに理解した。また皆と仲良く遊べるようになって、よかった、そんなふうに僕が何か大きな壁を乗り越えたような達成感を感じていた矢先、あの事件は起こった。

その日は、朝からずっと雨だった。

昼休みになっても雨はやまず、外に出られない子供たちは教室に残って、友達とのお喋りを楽しんでいた。

「美春先生、この花瓶キレイ」

「教壇に飾ってって、先生のお友達がくれたのよ」

1

「うそ！　彼氏でしょう。先生、結婚するの？」

「えー、先生、結婚するの？　いつ？」

女子たちが、美春先生の机に集まって何やら騒いでいる。

「さぁさぁ掃除当番、早いところ仕事してー。先生、プリントのコピー取りに職員室に行ってくるから、班長、終わったら呼びにきてね」

はぁい、という掃除当番の返事を合図に、皆ばたばたと机を片付けて教室を出始めた。掃除が終わるまでは、邪魔になるので教室から出なくてはならないからだ。

つまらないなぁ、そう思った僕は、

「体育館でドッジボールしようよ。来たい人は集まってくださーい」

そう大きな声で皆に呼びかけた。思ったよりもたくさん集まって、さあ行こうとした時、

「うるさいぞ、チビ！　お前、生意気なんだよ！」

だいちゃんだった。

しん、とまわりが静まった。

「だいちゃんも、一緒に遊ぼうよ」

さっき自分に向けられた乱暴な言葉をぐっと飲み込んで、僕はだいちゃんにそう声をかけた。やっとまた皆で遊べるようになって、でも何度もその機会はあったのに、だいちゃんだけは今まで来たことがなくて、僕はそれがずっと気になっていた。今度は逆に僕がだいちゃんをのけ者にしているみたいで、嫌だったんだ。結局はだいちゃんがいない方が平和だということに皆が気付いて、何となく皆だいちゃんを避けるようになっていたんだけど、でもそれは本当の解決じゃないような気がしていた。

「ねぇ、だいちゃんも一緒に行こう」

「うるさい！　お前なんかとだれが遊ぶか！」

だいちゃんは、どうして僕だけに突っかかってくるのだろう。皆の前で拒絶される恥ずかしさに、ボールを持った僕の手にぐっと力が入った。

1

「じゃあ、いいよ」

そう言ってだいちゃんに背を向けて教室から出ようとした時、だいちゃんは、さらに僕に向かって大声で言ったんだ。

「お前、いっつも妹と外で遊んでるの知ってんだぞ！　地面に絵なんか書いて、ガキみたいな遊びして、バカだ！　お前の妹もバカだ！」

「ぼくの妹はバカじゃない！」

はじかれたように僕はだいちゃんに向かっていった。ボールを放り投げて頭ごとだいちゃんのお腹に突っ込んで、そうしてはずみで倒れただいちゃんの体の上に馬乗りになった。皆が勉強をする教室の中で、僕らはとうとう喧嘩になってしまった。

こういう時は体の大きな子の方が有利だ。僕はすぐにだいちゃんに押し倒され、反対に上に乗られてしまった。それでも僕も負けてはいなかった。思い切りだいちゃんの腕に嚙み付いた。

「痛い痛いっ！」

逃げようとだいちゃんが体を起こして離れたスキを狙い、もう一度、僕はだいちゃんの体に思い切りぶつかっていった。

教壇の上に置いてあった花瓶が割れたのと、女子たちが呼びに行った美春先生が教室に勢いよく入って来たのは、ほとんど同時だった。

お父さんへ

お父さん、お元気ですか。ぼくは、元気です。

ぼくのはんは、この前「ウィーンのおどり」の合かくをもらいました。お父さんのおしえてくれたおまじないのおかげで、きんちょうしないで、まちがえずにふけました。いっしょうけんめいれん習して、わらわれても気にしないでいたら、もう、だれもわらわなくなりました。「かごめかごめ」も合かくしたので、今

1

「ゆかいなまきば」をれん習しています。8はんの子たちと前よりもすごくなかよくなって、そうしたら、他のはんの子たちもあつまってきて、毎日みんなとたのしくあそべるようになりました。

でも、そういうときでも、なぜか、だいちゃんだけは来ませんでした。この前、「だいちゃんもあそぼうよ」と言ったのに、「お前なんかと、だれがあそぶか」と言われました。

どうしてなのでしょう。でもぼくは、おこりませんでした。「チビ」とわる口を言われても、おこらないでがまんしました。

でも、だいちゃんはそのとき、りんのことを「バカ」と言いました。ぼくはそのとき、すごくあたまにきて、自分が「チビ」と言われたときよりもあたまにきて、だからだいちゃんとけんかをしてしまいました。そのあと、りかのじゅ業をやめて、学きゅう会をして、みんなではなし合いました。

いろんないい見が出ました。わる口を言っただいちゃんがわるい、とか、でもぼう力はいけないから、ぼくがわるい、とかです。さいごに、けんかはよくないから、よくはなし合うことが大切だということになりました。ぼくには、どっちがわるかったのか、今もよくわかりません。でも、わざとじゃなかったけど、そのときに先生の大切にしている花びんをこわしてしまったことは、いけなかったと思います。

だから、そのあと、お母さんといっしょにまた学校に行って、先生にあやまりました。だいちゃんのお母さんは、来ませんでした。だいちゃんのお母さんは、だいちゃんが一年生のときに、家を出て行ってしまったのだそうです。だいちゃんがこまったことをしたり、おちつきがなくなったのは、そのころからなんだと、みはる先生が言っていました。

お父さん、ぼくはどうしたら、だいちゃんとなかよしになれるでしょう。

十一月一日

結城まこと

1

まことへ

おてがみありがとう。そして、「ウィーンのおどり」の合かくおめでとう。

まことのがんばったようすがとてもよく伝わってきて、お父さんはてがみをよみながら、とてもうれしかったです。なによりも、まことがいろんなことに負けないで、まっすぐ自分のもくひょうに向かっていってくれたことを、お父さんはうれしく思います。

だいちゃんとけんかをしてしまったようだけど、そのあと、だいちゃんとはおたがいにあやまりましたか。どっちがわるいかなんて、きっと、さいごまでだれにもわからないと思います。大切なことは、そのあとどうするかだと思います。みんなではなし合ったことは、三組のみんなにとって、きっといいけいけんになったことでしょう。

まことが、りんのわる口を言われておこったことは、お父さんはせめません。

お父さんだって、他人からまことのことをわるく言われたら、きっと、ものすごくおこるでしょう。自分のわる口を言われるよりもおこるだろうと思います。だからまことも、人のわる口は言わないようにしましょう。

先生の花びんをわってしまったことは、いけなかったと思いますが、はんせいしてお母さんとちゃんとあやまりに行って、えらかったですね。

しんぱいなのは、だいちゃんですね。お父さんが思うに、だいちゃんは、まことのことがうらやましかったのではないでしょうか。まことには、お母さんがいて、りんがいて、かぞくみんななかがいいのが、うらやましくて、そうしていじわるをしてしまったのかもしれません。お母さんがいないことは、大人でもつらいことなのに、だいちゃんは一年生のときからお母さんがいなくなって、とてもかわいそうですね。

まことは、そんなだいちゃんに、どんなことばをかけてあげたいですか。みんなとあそぶときにだいちゃんだけ来ないのは、どうしてだと思いますか。

1

だいちゃんは、体は大きいかもしれませんが、他のお友だちよりも、けいけんしていることが少ないのかもしれません。みんながなにをはなしているかわからなくて、みんなとのかいわについていけなくなって、苦しくなるときがあるのかもしれません。まことにはみんなといっしょにできるかんたんなことでも、だいちゃんにとっては、「みんなといっしょ」がいちばんむずかしいことなのかもしれません。

こんど、みんなに声をかけるのではなく、だいちゃんだけにこっそりと声をかけてあげてみてはどうでしょう。きっと、だいちゃんはまこととといっしょにあそんでくれると、お父さんは思います。なんでも自分と同じに考えたりしないで、まことが人を思いやれる子になってくれたらとのぞんでいます。

だんだんさむくなってきたので、かぜにはじゅうぶん気をつけてすごしてください。

十一月六日

結城　稔

手紙を読んでいた僕は、えっ、と思わず小さな声をあげた。だいちゃんが僕のことを羨ましく思っていたというのは、どういうことなのか、全然わからなかった。お母さんがいて、凛がいて、家族皆仲が良いことは、僕にとって当たり前のことだったからだ。

だいちゃんには兄妹はいるのか、お父さんとの仲はどうなのか、出て行ったお母さんからは連絡があるのか、僕はだいちゃんのことを何も知らなかった。

その翌日、僕は朝から、だいちゃんの様子をずっと注意深く見ることにした。そうして、改めて気付いたことは、教室の中で、だいちゃんはいつもひとりぼっちだということだった。仲がいいと思っていた高橋君は、だいちゃんと同じ班なので会話は多いけど、いつも一緒にいるわけではなくて、お昼休みになると高橋君は今井君や鈴木君たちと一緒にどこかへ遊びに行ってしまった。

だいちゃんはどうするのかと見ていると、だいちゃんは、ふらりとひとりで教室を出て行った。正面玄関を出て、外靴に履き替えると、外へ向かって行く。そのだいちゃんを、僕はこっそり後ろからつけていった。

だいちゃんは、学校で飼育している小さなウサギ小屋の前で止まった。ポケットの中から何かを出してかがみ込むと、ウサギに向かってヒラヒラと振っている。ウサギたちはだいちゃんによく慣れている様子で、何かを食べ始めた。

「ウサギ、好きなの?」

僕が声をかけると、だいちゃんは驚いた顔をして振り向いた。

低い声で、うん、と返事をすると、またすぐに顔を戻して黙った。ウサギが食べていたのは、給食に出ていたサラダのキュウリだった。僕らはお互いに黙ったまま、しばらくの間、ウサギがもぐもぐとキュウリを食べているのを見つめていた。

少し冷たい秋風が吹いて、紅葉の終わった白樺の木が、かさかさと乾いた音を立てた。

キュウリがなくなったことに気付いた僕は、ウサギ小屋の側に生えていた草を抜いて、金網越しにいるウサギたちにやりながらだいちゃんに話しかけた。

「キュウリよりも美味しくないかもしれないけど、この草もウサギの好物なんだよ」

夢中で草を食べるウサギの様子を見て、だいちゃんは、すげぇ、と言って少し笑った。

「妹の幼稚園でもウサギ、飼ってるんだ。たまに行くと抱かせてもらえるんだけど、けっこう力が強くて、爪が痛いんだよ」

「ふぅん……」

また会話の途切れた僕らの沈黙に気を遣うように、まわりの白樺の木々が、風と一緒に騒々しく合唱を始めた。

「この前、妹のこと、バカって言って、ごめん」

ウサギを見つめたまま、だいちゃんは、この間の喧嘩のことを謝ってくれた。

「ぼくも、暴力をふるって、ごめん」

1

僕もそう言って謝ったら、なぜかおかしくもないのに僕らは顔を見合わせて、照れたように笑い合った。

「だいちゃん、今日、一緒に遊ぼう」

朝からずっと言い出せなかった一言が、自然に僕の口から出てきた。

「うん！　何して遊ぶ？」

「キャッチボール！　ぼくの家の近くに、空き地があるんだよ」

放課後、三組の皆が不思議そうな顔で見守る中、僕とだいちゃんは仲良く一緒に下校した。グローブとボールを取りに行くために僕の家に向かいながら、野球はどのチームが好きか、とか、どの選手が好きか、なんてことを話しているうちにあっという間に家に着いていた。

「ただいまぁー！　友達と外に遊びに行ってくるねぇ」

僕がランドセルを置いて家を出ようとすると、ちょっと待って、とお母さんに呼び止められた。

「お友達にうちに上がってもらったら？　おやつ作ってあげるから、食べてから行ってもいいでしょう」

わかったと返事をして、僕はだいちゃんに家に上がるように声をかけた。

だいちゃんは最初もじもじしていて、なかなか家に入ってこようとしなかった。僕が困っていると、お母さんが玄関まで来て声をかけてくれて、そうしたらだいちゃんは、素直に靴を脱いで僕の家に上がってくれた。

「こんにちは」

お絵かきをしていた妹の凛が顔を上げて挨拶をすると、だいちゃんはぺこっと頭を下げて、もぞもぞと口の中で挨拶を返した。さっきまであんなに元気よく話をしていたのに、急におとなしくなってしまっただいちゃんが僕には不思議だった。だけど僕の部屋に入ると、だいちゃんはさっきのようによく喋るだいちゃんに戻った。

「二人ともー、おやつ出来たからこっちにおいで」

僕らが居間に移動すると、出来たわよぉと言って機嫌よくお母さんがホットケーキを運んできた。湯気の立つきつね色のパン生地には、いつものようにシロップとバターがのっている。だいちゃんは目を大きくして、自分の前に出されたそれを見つめていた。

「おばさん、これ、何？」

「ホットケーキよ。だいちゃん食べたことない？　うちでは、まことも凛も、大好きなのよ」

「だいちゃん、冷めちゃうよ。食べようよ」

まごまごしているだいちゃんに僕も声をかけた。だいちゃんは、ぎこちない手つきでフォークを持つと、一口食べて、またお皿の上にフォークを戻してしまった。

「どうしたの？　美味しくなかった？」

心配そうな顔をして聞くお母さんに、だいちゃんは、大きく首を横に振った。うつむいたまましばらく黙っていただいちゃんは、小さな声で答えた。

「ううん、美味しいです、すごく。こんなに美味しいおやつ食べたの、ぼく、初めてです」

「そうなの、よかった。もしかしたらお口に合わなかったんじゃないかと思って、おばさん、心配しちゃった。だいちゃん、今日はまことと遊んでくれて、ありがとう。またいつでもうちに遊びに来てね。こんなに褒められておばさん、とっても嬉しいから、いつでもまた作ってあげる」

お母さんがそう言うと、だいちゃんの目から、大きな涙がぽろっとこぼれ落ちた。唇をぶるぶるふるわせて、そうして、うわーっ、と大きな声で、凛よりも大きな声でだいちゃんは泣き出した。

「おかあさん、おかあさん」

だいちゃんの泣き声は、僕の家中に響き渡り、しばらくやむことはなかった。

1

友情の芽生え

お父さんへ

お父さん、お元気ですか。

ぼくは、元気です。それからお父さんに、ほうこくしたいことがたくさんあります。

お父さんは、やっぱりすごいと思います。お父さんが、てがみにかいていたとおり、だいちゃんにあそぼうといったら、だいちゃんは、ぼくとあそんでくれました。その前に、ちゃんとこの前のけんかのことをあやまりました。だいちゃんが先にあやまってくれました。それから、いっしょにキャッチボールをしてあそぼうとやくそくしました。

でも、その日は行けませんでした。お母さんが、おやつを食べてから行けというので、だいちゃんにうちにあがってもらったら、だいちゃんがそのとき、ないてしまったのです。だいちゃんがどうしてないたのか、ぼくはわからなくて、びっくりしました。

ずっとないていて、どうしたらいいのかこまりましたが、お母さんが、りんにするようによしよしとしてあげたら、やっとだいちゃんはなきやみました。お母さんがいなくなってから、だいちゃんはきっと、ずぅっとさびしかったんだよって、お母さんは言っていました。ぼくのお母さんを見て、思い出したのかもしれないと、ぼくは思いました。だいちゃんの心の中にも、ぼくの知らない「もやもや」があったのです。

その日から何日かごとに、だいちゃんとキャッチボールをしました。今日もいっしょにしました。だいちゃんのなげるボールは、すごくはやいです。今、いいたまをなげるコツをおしえてもらっています。

1

だいちゃんはすごく明るくなりました。体育のじゅ業は、いつもきょうそうになります。この前のドッジボール大会は、三組がゆうしょうしました。だいちゃんのなげるボールは、学年で一ばんつよいです。ぼくははやく走るのがとくいなので、二人が組むと、さいきょうだと言われます。みはる先生は、ぼくたちのことを、「でこぼこコンビ」とよびます。

今三組は、三学期にすることになった「人形げき」のきゃく本をよむれん習をはじめました。きゃく本は、ぜんぶみはる先生が作ってくれたものです。気もちをこめて大きな声でセリフを言うのは、だいじなことで、国語の勉強にもかんけいがあるのだそうです。

ぼくとだいちゃんは、『三びきのやぎのがらがらどん』というグループに入りました。ぼくは二ばん目やぎのがらがらどんの役で、だいちゃんは、あく役のトロルをやります。ひとりでもいないとできないので、みんなが力を合わせるチャンスなんだと、みはる先生が言っていました。冬休みがおわるまでに、セリフをあんきしなければならないのでたいへんですが、がんばります。

十一月二十四日

結城まこと

三年生の二学期は大忙しだった。進級したばかりの頃に比べると皆それぞれに自我が育ち、個を意識し出した分だけお互いに喧嘩が絶えなくて、男同士、女同士、時には男女混じっての揉め事が多い一年だった。けれども僕らはそのたびに皆で話し合って、三組のルールを自分たちで作っていった。クラスがまとまったと思ったら今度は勉強が少しずつ難しくなっていって、その上生活面ではけじめだとか、集中力だとか、責任感を持つことの大切さだとか、美春先生も僕らの成長に合わせてどんどんハードルを上げてくるから、のんびりしている暇がなかった。

だけど、僕らは一生懸命先生の出してくる課題に追いつこうと競い合った。頑張ることが、素直に楽しいと思える純粋な日々。毎日がきらきらしていた。

「みんなー、帰ったらこのプリント必ずお家の人に見てもらってね。来週の参観のことが書いてあるプリントだからね」

冬休みもうじきというある日の帰りの会に、美春先生はそう言ってリコーダー合奏のことが書かれたプリント用紙を配ってきた。各々の班で発表するアンサンブルの合奏を、今度の参観日に保護者たちに披露するのだ。

そのプリント用紙と一緒に学習道具をランドセルにしまおうとした時、教科書が何かにつっかかった。何だろう、と中に入っている教科書やノートを全部出してみると、底の方には、くしゃくしゃになった封筒があった。

「あっ」

もうずいぶん前に届いていたお父さんからの手紙だった。遊びや勉強、人形劇の練習などやることがたくさんあって、後で読もうとランドセルの中に仕舞い込んでいたら、すっかり手紙の存在を忘れていたのだ。

1

「先生さようなら、皆さんさようならぁ」

帰りの会が終わると、僕はだいちゃんが声をかけてきたことにも気付かずに教室を一番に飛び出した。廊下を走り、慌てて靴を履き替えて、そうして、空き地に向かって走った。お父さんからの手紙は読むのも、返事を書くのも、場所はあの空き地と僕は決めていたのだ。

朝方積もった雪がもう解けかけていて、所々に溜まった雪解け水にかまわず走る僕の靴は水浸しになっていた。帰ったらお母さんにすごい怒られるやつだけど、僕の頭の中は他のことでいっぱいだった。手紙には、どんなことが書いてあるんだろう。お父さんに返す手紙には、何から書けばいいだろう。

あれからまた学校ではいろんなことがあった。勉強も、遊びも、たくさんあったいろんなことを、何からお父さんに教えようかとあれこれ考えながら、夢中で僕は走った。

八班が、「なかよしリコーダー」の課題の歌を、一番に終わらせたこと、二組との陣取り合戦で、三組が勝ったこと、かけ算の小テストでずっと満点だったこと、だいちゃんが、掃除当番のリーダーに初めてなったこと、だいちゃんのお母さんからだいちゃんに連絡がきたこと、冬休みになったらお母さんに会えるんだと、だいちゃんが嬉しそうに話していたこと……。

1

空き地が見えてきた。

「あ」

僕は空き地の前で立ち止まった。

久しぶりに来た空き地には、太いロープが張られていた。大きな看板があって、そこには、「マンション建設予定地につき立ち入り禁止」と書かれてあった。読めない字がたくさんあったけれど、もうここに入ってはいけないんだということは僕にもわかった。

人気のない空き地は、がらんとしていて静かだった。あのブロックの椅子も、誰に運ばれたのか、もうなかった。

しばらくぼんやりと、僕は空き地の前に佇んでいた。西の空には大きな雪雲が浮かんでいた。もうじき本格的な冬が来る、そんな日だった。

「まことくーん」

その時後ろから、息を切らせて駆け寄ってくるだいちゃんの声が聞こえた。

小さな反抗期

あの時のお父さんの手紙には何が書いてあったのか、そして僕は何て返事を出したのか、もう覚えてはいない。ちょうどあの頃くらいから、もう僕はお父さんからの手紙を必要としなくなっていた。僕にとって、家族よりも、友達や学校という世界の方がずっと大事になっていった、そんな時期だった。お父さんが単身赴任から帰ってきたのは僕が六年生になった時で、でもその頃には、休みの日に家族皆で出掛けようと声をかけられても、僕は両親と出歩くことを厭うようになっていた。親と一緒にいる姿を同級生に見られた時は、なぜだか恥ずかしいと感じた。

こんな思春期特有の心の変化は、僕だけじゃなく、少し遅れてだいちゃんにも表れた。

でもその表れ方は、僕とは違って、激しいものだった。もともと感じやすい性質を持っただだいちゃんに、これでもか、これでもかと辛い現実は牙を剝いてかかってきて、だいちゃんの心を揺さぶっていた。その時のだいちゃんの荒れようは、今思い出しても痛々しい。まわりにいる子に意味なく喧嘩は売るし、先生に反抗してばかりいるし、無断で教室を歩き回ったり出て行ったり、もうめちゃくちゃだった。そういう形でしか自分の悲しみを表現出来ないだいちゃんに、僕の方が何度も泣きたくなった。喜びも悲しみも人より激しくて、内にあるパワーを自分でも持て余して、それを受けとめてくれる人もいないまま、だいちゃんは迷子になっていた。ほうっておけばいつ暴走するかわからない、そんな危うさがあの頃のだいちゃんにはあった。同じ歳で、経験のない苦しみの中にいる友人の前では、僕のちっぽけな反抗期なんて、恥ずかしいくらい小さいものに感じた。

定期的に会えていたお母さんがよそに新たな家庭を持つという現実は、十二歳の少年の心にどれほどの孤独や痛みを与えるものなのだろう。当事者でない僕は、想像するしか出来なくて、そしてその想像は、所詮想像を超えるものではなかった。だから、かけてあげる言葉も見つからないまま、僕はただだいちゃんの側にいてあげることしか出来なかった。

中学にあがって、平良先生という良き理解者を得て、だいちゃんは良い方に変わった。牙を隠せ、とか、そこはお前が一歩引け、とか、他の子には言わないようなことを平良先生はだいちゃんには求めて、誰よりも厳しい指導を受けていたけれど、でも褒めてくれる時は、ものすごく褒めてくれるんだとだいちゃんは言っていた。そうやって人からの大きな期待を受けて、自分もその結果を出す、そんな対人関係をだいちゃんは初めて経験したのかもしれない。本当に、だいちゃんは変わっていった。

だいちゃんの資質を見つけて根気よく付き合って、ここまで引き出してくれた平良先生のことは、僕もすごく尊敬する。出会いって大事だ。もちろん、人との強い信頼関係や、強い自信を持ち始めた人間が良く変わっていくのはある意味当然なことだと思う。当然だけど、だいちゃんが子供の頃から皆よりも早くいろんな孤独や苦労を味わっていたことを知っていたから、僕にとって、それは感動するくらい嬉しいことだった。

昔、だいちゃんは僕に話してくれた。まだ小さい時に、お母さんがどこかへ行ってしまったままいつまでも帰ってこなくて、お父さんも夜まで仕事から戻らなくて、広い家の中で独りきり、お腹がすいてお腹がすいて、それがとても辛かったんだ、と。空腹で、いつ帰ってくるかもわからない親をひとりで待つ心細さは、どれほどのものだっただろう。多分ほとんどの同級生は、だいちゃんのそんな過去を知らない。僕らは同じ学校に通って毎日のように顔を合わせているけれど、皆がどんな家に住んで、どんな家庭環境の中で生活しているかは、お互い知り得ないんだ。

だいちゃんがいろんな経験を経て、平良先生という師と、野球という打ち込めるものにやっと出会えて、僕は心の底から嬉しかった。だから、織田先輩の話ばかりするだいちゃんにふと感じた嫌な思いを、僕は意識して打ち消した。大丈夫、何も心配することなんてないんだ。このまま怪我にも気をつけて順調に進んでいけば、来年にはだいちゃんは野球部の部長になってチームの皆を引っ張っていくだろう、大丈夫、って。

この時僕が、だいちゃんは大丈夫、と意識して思わなければいられなかった理由は今でもわからない。何かの予感を感じていたのだとしても、そうではなかったとしても、結果は何も変わらなかった。それくらい、僕には何の力もなかった。苦しんでいるだいちゃんに、僕は何もしてあげられなかった。本当に何も。

試練と寂寞

1

その年の夏は、蝉の鳴き声がいやにしつこく耳についた夏だった。

夏休みが終わり新学期が始まっても、陽射しは衰える気配を見せずに、容赦なくグラウンドを駆ける僕らの身体を照らしていた。百メートルを一本走るごとに大量の汗が噴き出す。呼吸を整えるふりをして、僕は野球部員の練習している方に視線を向けた。こんなに暑いのに、だいちゃんは今日一日ずっと球を投げていた。あんな無茶な練習をして、肩が壊れないか心配だった。

滝沢の指示に違いないと思うと、無性に腹が立って仕方がなかった。滝沢はもともと副顧問の、それまでほとんど野球部に何の役にも立っていないような教師だった。それが臨時で顧問になったのは、先月、顧問の平良先生が倒れたせいだ。脳梗塞だった。幸い一命は取り留めたらしいが、社会復帰までにはかなり時間がかかるとのことで、本当は半身不随になっているとか、いろんな噂はあったけれど、いずれにしても誰かを代わりに立てなければならない状況に変わりはなかった。

滝沢は本当に嫌な奴だった。もうすぐ三十にもなるくせに若ぶって、格好ばかりつけていた。男子生徒には威張りちらして、女子にはちゃらちゃら冗談を言ってはやたらとかまう。何かですごい怒った時に、高い声が女みたいにもっと高くなって、だっせぇ、と思った。男子にも女子にも人気なんてなかったけど、かまわれて喜んだ一部の女子には追いかけられて、自分はモテると勘違いしているような薄っぺらい奴だった。

その滝沢が、だいちゃんを目の敵のようにして陰湿にいじめ始めた。全くボールにさわらせない日があるかと思うと、今日みたいにずっとピッチングの練習をさせたままフルシカトを決め込んでいたり、そんなひどい扱いにとうとう我慢出来なくなった僕は、陸上部の顧問の小竹先生にあれはあんまりじゃないかと訴えた。

「滝沢先生には滝沢先生の考えというか、やり方があるんだと思うから……」

1

小竹はバツの悪い顔をしながらぼそぼそとそんなことを言って逃げていった。同僚の教師同士の間ではお互いに遠慮があるのか、意見をはさまないのが暗黙のルールなのか、感心するほど見て見ぬ振りが上手だった。だけど、そんなくだらないことなんて知るか。大人の嫌な部分を見せられた気がして、教師なんてクソだ、逃げていく小竹の背中を見ながら、僕は普段言わないような汚い言葉を吐いた。

誰が見ても滝沢のだいちゃんへの扱いはひどい。他の部員や先生だって気付いていないはずはないのに、でも誰も何も言えないなんて、こんな理不尽なことはないと思った。だいちゃんが文句も言わずに黙々と滝沢の出すメニューをこなしているから、よけいに悔しかった。

いつもグラウンドいっぱいに駆け回っていただいちゃん。広いグラウンドが小さく見えるくらい、ここはだいちゃんの存在感で溢れていた。平良先生のいた頃の野球部は明るくて、時々笑い声が聞こえて、その中心にはいつもだいちゃんがいた。別人みたいに陰のあるだいちゃんの姿を見るのが、僕は辛かった。

だいちゃんが必要とする大切な人は、どうしてみんな、だいちゃんの側からいなくなってしまうんだろう。そして、どうして僕は、いつもそんなだいちゃんを側で見ているだけしか出来ないんだろう。

苦しい状況にいる友人になす術もない非力な十三歳の僕は、容赦なく降ってくる残酷なだいちゃんの現実に心を蝕まれていた。

「あいつは野球が下手だから」

今日こそは一緒に帰ろうと野球部の部室のまわりをうろうろしていた僕の耳に、滝沢の女みたいな声が聞こえた。織田先輩の目にも余ったのか、どうやら織田先輩が今日の練習のさせ方を滝沢に抗議してくれているようだった。

そうだ、だいちゃんには織田先輩という強い味方がいた。世の中、捨てたもんじゃない。織田先輩カッコいい、もっと言ってやって、と僕は心の中で織田先輩にエールを送った。

1

「あいつの取り柄なんて、体だけだよ。実際野球にもなってない、だから今から徹底的に仕込むんじゃないの」

なんてひどい言いようだろう。やっぱこいつクソだ、ほんと嫌いだ、とむかむかと腹が立って、それは時間が経っても収まらず、自分のことのように怒りながら僕は並んで歩くだいちゃんにいつまでも滝沢の文句を言い続けた。

「いいべ、ほんとのことだし」

思ったよりもけろっとして、だいちゃんはそう答えた。

「平良先生もいつも言ってた」

「嘘だよ、そんなの」

だいちゃんは何を言っているんだろうと、僕は口をとがらせた。

「違うんだって。あいつには悪意しかないけど、平良先生の言ってるのは、そういう意味じゃなくて。俺が一年の時、お前のいいところはその体なんだ、ってめちゃくちゃ力説されたんだ。体格に恵まれることがどんなにすごいことか、わかるか大樹！って。生まれ持った恵まれた体は財産だ、お前は骨格が素晴らしいんだ、って。これからの成長期にしっかり運動して成長ホルモン刺激して、つけるべき場所に質のいい筋肉をつけろって。そのために今はしっかり体作りに励め、技術なんてその後だ、両親に感謝しろよって」

平良先生がいなくなっても先生の教えがだいちゃんの中にちゃんと生きていることを感じて、僕は改めてだいちゃんの平良先生への信頼の大きさを思った。だから滝沢にあんな卑劣な扱いをずっとされていても、だいちゃんは平気だったのかもしれない。心に尊敬している人間がいるのと、いないのとでは、逆境の中でも心のあり方が違うからだ。三年生の頃の僕みたいに。

「体をしっかり作っていないと、いくら球を投げる時のフォームがちゃんとしてても、弱い方に引っ張られたりするんだって。あいつの作るプログラムなんてめちゃくちゃだけど、わかんない程度に力抜いてやってんだ。他の場所ではちゃんと自分で、平良先生の作ってくれたメニューで筋トレ続けてるよ。俺の先生は平良先生だ。

滝沢なんて、心の中じゃ全く認めてないよ。あいつは気がちっちぇから、人のそういうのに敏感なんだよ。だから俺のことが目障りなんだ」

そう言ってだいちゃんは豪快に笑った。

環境の変化に振り回されずにしっかり自分を保っているだいちゃんを見て、僕はちょっと感動した。この一年でのだいちゃんの急成長ぶりが、ただ眩しい。きっとだいちゃんは、平良先生が戻ってくるのを信じて今でも待っているのだろう。

強力に良いものも、強力に悪いものも同時に引き寄せてしまうだいちゃんの持つ吸引力に、僕はいつも内心で驚いていた。普通の子が経験しないようないろんなことをその若さでたくさん経験して、そこで感じたいろんなことをしっかり自分のものにして、だいちゃんは、着実に大きくなっている。

その隣で、平凡な日々を過ごしている僕。

あれほど剝き出しの感情を周囲にぶつけていただいちゃんが、いつの間にか僕にも上手に隠せるようになっていることに、嬉しさよりも、なぜだか寂しさの方が勝って、その事実が僕を戸惑わせた。

だいちゃんは、本当は野球部で今何を感じているんだろう。子供の頃だったら、聞きたいことはお互い何でも聞いていたのに、今は聞けない。だいちゃんにはだいちゃんの世界が出来て、深いところはあまり立ち入らないようにだんだん気を遣うようになってきて。それが、大人になるっていうことなんだろうか。

成長してお互いの秘密がちょっとずつ増えていって、僕の知らないだいちゃんの部分がちょっとずつ増えていって、僕だけが、何も変わらずに子供のまま取り残されていて、なんだか悲しかった。

美春先生の言葉

玄関に入ると、ずらっと靴箱が並んでいて、そこに小さな靴がたくさん収められ

1

ている。僕は保護者用の靴箱に自分の靴を置き、スリッパを履いた。凛のいる小学校に来ていた。僕の母校でもある。

学校内に足を踏み入れると、懐かしい学校の匂いがした。たった一年と少ししか経っていないのに、校舎の様子は当時とちょっとずつ変わっていて、凛のいる三年一組の教室のありかさえわからなくなっている自分に驚いた。うろうろと遠回りしてようやっと辿り着いたら、もうお母さんが先に着いていた。授業はもう始まっていた。

新しく編成された凛のクラスの参観日に誘われたのは、つい今朝のことだ。皆で食卓を囲みながら、今日は午前授業だから早く帰ると言ったら、

「だったらお兄ちゃんも凛の参観日に来てよー」

と、凛に頼まれてしまった。しまった、凛のいない時に言えばよかった、帰ったら寝ようと思ってたのにと思いながら、でも久しぶりの小学校に行くのにも興味が湧いて、結局僕も行くと約束させられたのだ。

僕がこっそりと教室に入ると、凛が後ろを振り向いて僕に小さく手を振った。凛の席から近い場所にお母さんと並び、授業の進行を見守った。女の子が作文を読んでいた。

国語の授業のようだ。小さな頭がたくさん、行儀良く並んでいて可愛らしい。

「じゃあ次、作文読んでくれる人――」

担任の先生の呼びかけに、勢いよく皆手を挙げ出した。おお、なんてやる気に満ち溢れた小学生たちなんだ。元気のいい男の子が当てられた。凛は自分が当てられずに頬を膨らましている。

男の子が大きな声で作文を読み始めた。内容は、夏休みに友達と外で野球をして遊んだ話だった。僕はだいちゃんのことを思い出した。小学四年生の時、だいちゃんも今の男の子のように、自分の書いてきた作文を元気に読んでいた。それは、小学校に入学してまもない頃のお母さんとの思い出の話だった。お風呂が沸いたかどうか見てきてちょうだいというお母さんのお願いに、だいちゃんはお風呂場へ行き、

1

お湯加減を見ようとしたら風呂に落ちた、という話を面白く書いていて、クラスの皆がどっと笑った。美春先生も笑った。でも、その時僕だけはあんまり笑えなかった。どうしてお風呂を見に行って、服着たまま落ちるんだよ。だいちゃんはなぜか落ちたとだけさらっと短く書いていたけど、あやまって落ちたんじゃない、わざと落ちたんだと、僕は思った。

お母さんに笑ってもらいたくて。お母さんに注目してもらいたくて。

「どうしたの、と、とんできたお母さんは、ずぶぬれになったぼくを見て、大きな声で笑いました。それからお母さんに服を着がえさせてもらいながら、ぼくは、おもしろかったなあ、またお風呂におちたら、おもしろいのになあと思いました」

おかしくて切ない、だいちゃんの作文だった。

だいちゃんのお母さんは、本当はどんな人だったんだろう。僕はこれまで、だいちゃんのお母さんには一度も会ったことがなかった。だいちゃんはその頃から、学区内ぎりぎりの場所にある坂の下の小さな一軒家にお父さんとお祖母ちゃんと住んでいた。お母さんがいなくなってからはお祖母ちゃんがだいちゃんの家に来たそうで、お祖母ちゃんとは僕は何度も会ったことがある。優しいお祖母ちゃんで、僕が遊びに行くといつもおやつを出してくれた。せんべいとか、ふかした芋とか、なかなかうちじゃ出てこないものが出てくるから、だいちゃんは嫌がっていたけどけっこうそれが僕には新鮮だった。

二階にあるだいちゃんの部屋は、いつも散らかっていた。ぼんってランドセルを放り投げたり、靴下を履いたままベッドに入ったり、僕のお母さんが見たら発狂するようなことをいつも平気でやるからその度に僕は驚いていたけど、ちょっとだけそんな自由奔放なだいちゃんが羨ましかったりもした。

「いいべや、ちょっとくらい汚くたって死なねーよ」

だいちゃんはよくそんなことを言っていた。多分、それはだいちゃんのお母さんの口癖だったんじゃないかって、密かに僕は思っていたんだけれども。

僕は、だいちゃんのお母さんの顔を知らない。ただ、前に一度だけ、だいちゃん

1

とだいちゃんのお母さんが一緒に写っている写真を見せてもらったことがある。それは、何ていうか、どこかおかしな写真だった。

「ねえだいちゃん、だいちゃんのアルバム見せてよ」

四年生の時だったか、五年生の時だったか忘れたけれど、いつだったかだいちゃんの家に遊びに行った時、何の気なしにそう聞いた僕に、

「アルバム、うちはないんだ」

僕から目を逸らしながらだいちゃんはそう答えた。

意外なだいちゃんの言葉に内心で衝撃を受けながら、悪いことを聞いてしまったと、僕は軽はずみな自分の言動をすごくすごく後悔した。

生まれた時からの僕のアルバムと、凛のアルバムと、家族皆のアルバムと、お父さんの子供の頃のアルバムと、お母さんの子供の頃のアルバムと、そんな写真だけの家で育った僕は、アルバムは普通どこの家にもあるものだという考えしかなくて、だいちゃんの家庭環境なんて誰よりもよく知っていたはずなのに、何でそんな

ことにも気が付かなかったのか、本当に、本当に、その時ばかりは自分の鈍感さを恨んだ。

「お前、何気にしてんの？」

「だいちゃん、ごめん……」

「謝んなって。うちの親は写真撮るような親じゃなかったから。でも、一枚だけ家族で写した写真があるんだ」

そう言ってだいちゃんは机の一番上の引き出しから、一枚の写真を僕に見せてくれた。それはだいちゃんの家の中で、だいちゃんと、だいちゃんのお父さんと、お母さんと、三人で写っている写真だった。後ろのテーブルにはいろんなお皿やコップが乱雑に並んでいて、多分、何かで人を招いて皆で食事をした後に写したっぽい雰囲気の写真だった。

楽しそうに笑う小さなだいちゃんと、笑った目元がだいちゃんによく似ただいちゃんのお父さんと、顔のぼやけただいちゃんのお母さん。どうしてそんな写真が撮れたのか、お母さんの顔だけがピンボケしていて、表情さえよくわからなかった。それがいかにも、二人が縁の薄い親子であることを物語っているようで、家族で写した写真がそれ一枚きりなことも、そんな写真を今でも大切に持っているだいちゃんも切なくて、「だいちゃん変わってないね」とか当たり障りないことを言って、その時僕はすぐにその写真をだいちゃんに返してしまった。

顔さえ浮かばないだいちゃんのお母さんのイメージは、僕の中では、首から上が霞がかかったようにぼやっとしている。だからびしょ濡れになっただいちゃんに洋服を着替えさせてくれているその人は、どう想像しても、首から下の映像しか思い浮かばなくて、ただただ、嬉しそうにお母さんを見上げながら暖かいタオルに包まれている小さなだいちゃんの顔だけが僕の頭に鮮明に浮かんでいた。

ぼんやり昔のことを思い出していたら、とっくに違う女の子が立って作文を読んでいた。あの子、唯ちゃんとお母さんが僕に耳打ちした。どこかで見た子だと思っていたら、まだ凛が幼稚園の時に、凛の誕生会に来てくれた女の子を僕は思い出した。

　僕らがまだ小学三年生だった冬、うちで凛の誕生会をしたことがあった。凛は唯ちゃんを、僕はだいちゃんを呼んで、日曜日に開いた小さな誕生会。ピンク色の桜でんぶのかかったちらし寿司に、ザンギ、たこさんウインナー、ふわふわの甘い卵焼きに、デコレーションケーキ。テーブルいっぱいに並んだお母さんが用意してくれたごちそうを見て、だいちゃんの方が大きな歓声を上げた。

　すごく楽しかったと、だいちゃんはその後何度も凛とお母さんにお礼を言った。でも、もっと楽しかったのは、僕と一緒に凛の誕生日プレゼントを選んだことだったと、だいちゃんは後から僕に話してくれた。そうして、小学校にあがったばかりの頃、仲良くなった男の子の誕生会に初めて呼ばれた時の話を、だいちゃんはぽつり、ぽつりと僕に話したんだ。

　今は二組にいる江藤ヒロユキくん（漢字は忘れた）という子とだいちゃんは席が近くて、最初に仲良くなったんだそうだ。そのヒロユキくんの誕生会に行く直前に

1

なって、だいちゃんはプレゼントを用意していないことに気付いた。お母さんにプレゼントがないと訴えたら、これで買ってきなさい、とだいちゃんのお母さんは五百円玉をだいちゃんに渡してきたんだって。

どこで、何を買っていいかもわからないまま、だいちゃんは近所のお店屋さんを回って、うろうろ、うろうろ店内をさ迷い歩いて、そうこうするうちに誕生会の時間は迫ってくるし、でもプレゼントは決まらないし、困り果てた末にだいちゃんは、カップのアイスクリームを買った。これは包装は出来ないと店の人に言われ、ビニール袋に入ったそれを持って、だいちゃんはヒロユキくんの家まで走った。これだけじゃ何か足りないような気がして、おつりもその袋の中に入れて、おうちに上がってすぐに、だいちゃんはヒロユキくんのお母さんに、「これ、ヒロユキくんのプレゼント。お金も入ってる」と言って渡したんだそうだ。

「だいちゃん、お金はね、プレゼントに渡すものじゃないから、これは持って帰ってね。アイスクリームは、後でヒロユキに渡しておくから」

ヒロユキくんのお母さんは、後からそう言って、こっそりとだいちゃんにお金を返してくれた。その時、だいちゃんは、自分は何か人と違うことをしてしまったんだと思って、その場にいるのが変な気持ちになったんだって。あの時のあの気持ちがどんな感情だったのか、まだ子供過ぎてわからなかったけど、でも今はわかるんだ、あれは、「恥ずかしい」っていう気持ちだったんだと、だいちゃんは言った。

僕はそれを聞いてショックだった。初めて行く友達の誕生会に持っていくプレゼントを、ひとりで選ばなきゃいけないなんて、その時のだいちゃんの困った姿が目に浮かんで、切なくなった。僕のお母さんだったらきっと、一緒に買い物に来てくれて、何を贈ったらいいか、一緒に選んでくれたと思う。それが当たり前だと思っていた。凛が普段好きなことを思い出しながら、凛が喜んでくれそうな誕生日プレゼントを友達と一緒に選ぶ、っていう日常の何気ないことが、だいちゃんにとっては、ものすごく楽しくて嬉しいことだったんだ。僕にとって当たり前のことは、人にとっても当たり前とは限らない。

1

「なんでも自分と同じに考えたりしないで」

だいちゃんと一緒にいると、昔もらったお父さんからの手紙の言葉を、僕は本当によく思い出した。だいちゃんは、僕らが生活の中で両親から教えてもらっているようないろんなことを、まわりの大人からちゃんと教えてもらっていなかったんだと思う。三年生に進級した当時、だいちゃんが年より幼い行動をとっていたことの理由が、そこにあったような気がした。

僕はそのことを、お母さんにだけ話した。

「これから一緒にいて、もしそう感じることがあったら、だいちゃんが傷ついたり、恥ずかしい気持ちにならないような言い方で、まことが教えてあげられたらいいわね」

お母さんは僕にそう言った。それから僕はだいちゃんに、急に大きな声を出したらだめだよ、とか、人が誰かと話している時は、話しかけるのを少し待っていたらいいよとか、気付いたことを言うようになった。だいちゃんはすごく素直で、ちゃんと僕の言うことに頷いてくれた。本当に、知らなかっただけなんだ。そうやってだいちゃんとたくさんの時間を一緒に過ごす中で、だいちゃんが体験する初めてを僕もたくさん共有させてもらった。

「プレゼントって、物じゃなくて、その人のことを思っている時間をあげることなんだね」

そんな考え方もあるんだ、ってだいちゃんの言葉に気付かされることがけっこうあった。

そんなふうに、当たり前だと思っていた中に見つける素直な感動や意外な発見を聞くたび、僕も新鮮な気持ちになって、反対に外の遊びではだいちゃんはいつもいろんな面白いアイデアを出して僕をリードしてくれた。

だから僕らはいつも言っていたんだ。僕ら二人で一緒にいると、二倍楽しいねって。

1

職員室を訪ねると、美春先生はちゃんとそこにいた。今日僕が学校に来た一番の目的。

「まことくんじゃない。大きくなって」

相変わらず、美春先生は優しい笑顔で僕を迎えてくれた。去年結婚されたと聞いていたけれど、何にも変わっていないことに僕は安心を覚えた。

「そんなことないですよ。全然、身長伸びてくれなくて」

美春先生にならそ、そんな自虐ネタも自然と口に出来た。

「男の子は、まだまだこれから。凛ちゃんの参観日で来たのね。凛ちゃん、明るくていい子ね。正義感の強いところなんかは、まことくんによく似てるわ」

受け持ちの学年は違っていても、凛のことをちゃんと見てくれている先生に僕は愛情を感じて、嬉しくなった。

「だいちゃんは元気？」

はい、と言った僕の表情が少し強張ったのか、美春先生はおやという顔をした。

やっぱり先生は鋭いなと思いながら、僕は最近のだいちゃんの部活での様子や、ついでに僕の心の内など思いつくまま喋り、今まで溜まっていたものをどっと吐き出した。

「まことくんは今、思春期のど真ん中に立っているから、いろんなことを感じているのね。それは、まことくんが正常に成長しているって証拠なのよ。体も、心も、成長のスピードは皆違うから、まわりと比べることはないの」

美春先生は、僕の目を見て昔のようにゆっくりと話をしてくれた。

「すごく可愛かったり、スポーツが出来たり、人より何かに秀でている子や、強い個性を持った子の近くにいる子は、どうしても自分と比べて心のバランスを崩してしまったり、アイデンティティが保てなくなることがあるの。でもね、何度も言うけど、人と比べる必要はないのよ。みんなちがって、みんないい。金子みすゞの詩、先生よく言っていたでしょう」

うなだれながら、懐かしい美春先生の声を聞いていたら、不思議と元気が出てくるようだった。

「この時期、いろんなことで心が揺れるのはむしろ自然なことなのよ。でもまことくんは根がしっかりしているから大丈夫。だいちゃんも、いろいろ大変なのね。だいちゃんそんな状況でも、野球辞めずに頑張ってるなんて、えらいわ。だいちゃんは昔から頑張り屋だものね。でも、ああ見えてあの子はとても感受性の強い子だから、何かでポキッと折れてしまうことがあるかもしれない、まことくんは、そこを心配しているのよね」

僕は頷いた。

「まことくん、今までどおり、だいちゃんのことを見守っていてあげて。代わりになってあげることは、誰にも出来ないの。だからこそ、本当に苦しい時、側にいてくれる友達が必要なのよ。だいちゃんをじっと見守っていてあげて。六年生の時みたいに」

美春先生の言葉に、僕は何度も強く頷いた。

「あなたたち、本当にいいコンビね。その友情を、ずっと大事にしてね」

最後に別れる時、美春先生はそう言って優しい笑顔で僕を玄関まで見送ってくれた。

だいちゃんの、そして僕の成長を静かに見守ってくれている人が、ここにもいた。

2 あこがれ

　球を追う。球を追う。俺は球を追ってグラウンドを駆け回る。俺の目に入るのは、青い空と、土埃の舞うグラウンドと、小さな白い球。そして、遠くにいる織田先輩。どんなに遠くにいても、俺は織田先輩の存在を感じている。織田先輩も同じなのか、俺の方を見てくれたから俺は球のことを一瞬忘れて、織田先輩に軽く頭を下げた。ここのところずっとバッティングの練習をする先輩たちの球拾いをさせられていたけれど、どんな時でも織田先輩はいつも俺を気にかけてくれていて、それが嬉しくて、心強かった。毎日泥だらけになりながら遅くまで練習して、家に帰って爆睡する。眠いけど朝早く起きて朝練に行って、それが終わったら学校の授業が始まる。中学に入ってから、それが俺の当たり前の日常だった。

まこととはクラスが離れてしまったけど、俺たちの仲は変わらなかった。変わったのは、俺たちを取り巻く環境や、複雑に広がった人間関係だ。だからこそガキの頃からずっと一緒にいるまこととの存在は特別だった。学校で全然顔を合わせない日が続いても、会って喋ればあの頃に戻る。ガキの頃からの友達はいい。

最近まこととの表情が妙に硬いのは、あの時の会話が原因なのは薄々感じていた。あの滝沢からの仕打ちに、まこととはひどく怒っていた。多分俺に言い過ぎたとまこととはまことで気にしてんのかもしれない。でも本当は、俺はあん時めちゃくちゃ嬉しかった。まことが自分のことのように怒ってくれて、俺の言いたいことを代わりに全部言ってくれて、心にずっと押し込めていた分だけ、すげぇすっとした。それで逆にもういいよって言えたんだ。あれはきっと、お母さん譲りだな。

2

あんなにまことが気にすることはないのに、昔からまことにはそういうところがあった。友達思いで、人の気持ちをよく考えてくれて、まっすぐで、曲がったことは大嫌いで、プライドが高い。たまにそれが行き過ぎて、学級会で何かを討論する時も自分の意見をはっきり言って、そこ、イエスって言っとけよ、っていう時も、納得の出来ないことには正面からぶつかっていったりとか、考え過ぎっつうか、けっこうめんどくせえところもある。まこととガキの頃に一度だけ喧嘩したことがあったけど、俺はあん時めちゃくちゃびっくりした。妹の悪口を言った俺が悪いんだけど、俺にかかってくる奴なんて、それまでひとりもいなかったから。あんな体のちっちゃい奴が本気で俺に飛びかかってきて、こいつ、根性あるなって、あの時から俺はまことに一目置くようになったんだ。

あの喧嘩があったから、まこととは今みたいに仲良くなれたと俺は思っている。それまで俺は、まことをターゲットにして意地悪をしていたから。いつも元気で、明るくて、俺の持っていないものをたくさん持っていそうなまことは、太陽みたいに見えた。それが羨ましくて、憎らしくて、あの頃はまことを見るたび何かしてやりたくなった。

でも、まことは絶対に泣いたり弱音を吐いたりしなかった。まことが逃げないで俺にぶつかってきた時、悪いことをしていたんだと、すげえ俺は反省した。あの後、ちゃんとまことに謝れてよかった。

中学に入ってからのまことは、やたらと歴史に詳しくなって、いろんな面白い話を俺に教えてくれた。五代将軍の犬公方は、ほんとはすごい将軍なんだよ、「生類あわれみの令」っていうのは、教科書に書いてあるような悪法じゃなくて、人の命がものすごく軽く扱われていた時代だったから意識改革をするために作った法律で、当時の世の中の常識をひっくり返すすごい法律だったんだよ、とか、龍馬はほんとはスパイだったって説があるんだよ、なぜって、飛脚を使ってあんなにたくさんの手紙を書いてて、それは現代の金額に換算すると何千万もの費用だったんだよ、それを出してるスポンサーがいたんだよ、とか、それはみんな社会科の白石先生の影響だった。

俺もけっこうそのおかげで歴史上の人物には詳しくなった。何かを成し遂げる人間って、みんな変人だよなって、よくまことと話をした。俺らの間でのベスト・オブ・変人は織田信長だった。天下統一のためには寺や村の焼き討ちも厭わないなんて、そんな常識外れのことをやってのけて、すげー変人だな、なんて昼休みに社会科準備室で喋る時間が、俺らちょっと真面目な中学生っぽく見えないって思って、誰かに自慢したくなったりした。

たまにこっそり部活をさぼってまことがひとりでここに来ていたことも知っていたけど、まことは、そこはあんまり俺に話したがらなかったから、俺は知らない振りをしていた。俺に元気が無駄にあり過ぎるのか、俺から見て時々まことに元気のない時があることが少し心配だった。ガキの頃はお互い何でも話していたけど、成長するにつれて、ちょっとずつ自分の世界が出来てきたんだ。ジイシキ、ってやつだ。思春期は、何だか煩わしい。

平良先生がいなくなってからは、野球部の雰囲気は変わってしまった。滝沢が、あのキモい奴がキモいことを言うたび虫唾が走ったけど、俺はそれにも我慢出来た。なぜなら織田先輩がいたから。部活に出なきゃ、織田先輩に会えなかったから。

織田先輩は、俺の知らない世界に住んでいる人だった。お父さんはすげえ立派な人で、卒業式とかではなんかすごい難しいことをステージに上がって喋っていた。普段から織田先輩にはなんつうかすげえオーラがあって、俺の入部当時はそれが少し取っ付きにくい印象だった。俺が一年の時、何の話からそんな話題になったのか、お母さんのすっぴんを一度も見たことがない、って皆が驚愕することを織田先輩がさらっと言って、えっ、て部員の皆の動きが一瞬止まった。乳母でもいんの？って、多分その時皆思った。でもあの雰囲気の織田先輩にそんなツッコミを入れられる奴は誰もいなくて、これあんまいじっちゃいけないやつだよね的な空気の中で結局スルーされて、そんな皆の無言のざわつきを、織田先輩だけは気付かないでいつものように涼しい顔をしていた。

2

世界違いすぎてビビった、って後から他の先輩たちが話しているのを聞いて、じゃあ何でその時言わないんだよって俺は少し嫌な気になった。俺は、たとえ悪口じゃなくても本人のいないところでそんなふうに言うのは好きじゃないし、あの時ほんとはいろいろ言いたくてうずうずしてたから、それから織田先輩が何か面白いことを（本人はいたって真面目だけど）言った時は遠慮しないでいちいち突っ込むようになった。意外なことに織田先輩は、そんな俺のことを面白い奴だと思ってくれたみたいで、それからすげー仲良くさせてくれるようになったんだ。あんな貴族みたいな人がこんな俺と仲良くしてくれるなんて、奇跡だと思った。

野球部の部員で、やたらといろんなブランドに詳しい先輩がいて、ずっと以前、新品の大きなロゴの入った財布を見せびらかしていたことがあった。皆にすげー、カッコイイっすね、って散々褒めさせた後、調子に乗ったその先輩は、ここぞとばかりに織田先輩にちょっといやみを言った。

「え？　織田、持ってないの？　何で？　家金持ちなのになー」

織田先輩に何てこと言うんだって俺はかっとなったけど、織田先輩は全然顔色も変えずに、たった一言でそいつをノックアウトした。

「そういうのは庶民のブランドだから、うちで持っている人はひとりもいないんだ」

織田先輩は別にいやみでも何でもなく本当のことを言っただけだったんだろうけど、何て格好いいんだと俺はスカッとした。織田先輩の一言でその先輩の財布はたちまち色あせて見えて、それから皆の前で出すこともしなくなった。

話せば話すほど織田先輩の日常は俺と全く違っていた。だから俺も、織田先輩の知らない世界をちょっとずつ見せてあげた。スーパーに行ったことがないっていうから、家の近所の生協に連れて行って食料品コーナーを探検してバナナ買って一緒に食べたり、ラーメン屋にも入ったことがない織田先輩を山岡屋に案内して、券売機の使い方を教えたりした。水を客が自分で入れるってことにまで、織田先輩はひどく珍しがった。水を汲んでお客に提供するサービスをお客自身にさせることで人件費の削減をしてその分だけ商品そのものの価格を下げているんだね、すごいシステムだってわけのわからないことを言って、他の客から振り向かれていた。

皆が思っているほど織田先輩は話しづらい人じゃないし、俺らのことだって馬鹿にしてもいないし、皆が勝手に違う人種だって決め付けて、遠ざけてるんじゃないかって途中から俺は思うようになった。そう思うくらい、別に普通に織田先輩は俺の行くところに付き合ってくれた。むしろすげえ楽しんでいたと思う。

織田先輩とたまに寄り道をするようになった生協の中には、食堂コーナーがあって、近所のじいちゃんばあちゃんたちがよく集まっていた。持参の水筒や弁当を持っていって、何も買わずにテーブルだけ借りて何時間いても怒られないようなゆるくてほのぼのした食堂で、地域の年寄りたちの憩いの場になっていた。織田先輩はそこにも行きたがって、最近覚えた券売機で買い物がしたかったのか、そんな食べたいわけでもないのに蕎麦が食べたいとか言って、ここの蕎麦はまずいからやめた方がいいですよって俺が止めたら、じゃあうどんにするって、だからうどんもおんなしタレなんですってば、って券売機から織田先輩を離して、隣の店に移動して無難にソフトクリームを買った。ハデなばあちゃんたちが座っている横のテーブルを借りたら、織田先輩は気になるのか、最初ちらちら見てたけど、俺がちょっと目を離したすきにがっつりガン見してて、先輩あんま見ちゃだめです、って俺を慌てさせた。

部活の練習の合間にそんな話を俺がすると、織田ってそんな面白いのって皆が笑ってくれた。織田にあんまり変なこと教えるなって平良先生に小突かれたけど、平良先生だって笑っていた。そうやって皆からいじられることも織田先輩は全然嫌がらずに、むしろそんな周囲の変化を楽しんでいるようだった。皆が思っていた織田先輩のイメージがいい意味で崩れてきて、なんか話しやすくなったって言われるようになって、そのきっかけを作ったのは俺だと言われた。

織田先輩は、家で普段どんな物を食べているのか、皆が愛してやまないあのガリガリ君のことさえ知らなくて、

2

「すごい痩せた男の子のことだよ」

って、同じクラスの齋藤君に教えられた嘘をずっと信じていたりとか、その話が有名になって、皆が知っていて会長が知らないことを探そうゲームが校内で一時流行って、とうとう織田先輩に、「モスって何?」って言わせた齋藤君が、「っしゃあー!」ってガッツポーズを作ったって話がものすごい速さで皆に伝わったりとか、なんかもう織田先輩にしかない独特の雰囲気が皆を惹きつけてやまなかった。今じゃ織田先輩は学校中の人気者だ。もともと尊敬されていたけど、そこに愛されキャラが加わって最強になっていた。

今年の学校祭では、織田先輩のクラスはステージで白雪姫のパロディをやった。織田先輩だけはコントなしの正統派王子役で、どこまでも真面目に芝居をする織田先輩と白雪姫に扮した齋藤君との掛け合いは最っ高に面白くて、学校中が沸いた。

何があってもこの人についていこう、って女みたいなことを俺が思うようになったのは、俺がまだ一年坊主の時、部活の帰りに、たまにまことと行く公園に菓子パンを持って織田先輩と寄り道をした日のことだ。織田先輩と二人きりでゆっくり話をしたのはあの時が初めてだった。

織田先輩でも菓子パン食べるんだなって思って、そのまんまのことを言ったら、

「僕けっこうB級グルメ好きだよ」

って、じゃA級のパンってどんなんだろうって、他に比べるものを知らない俺は何て返事していいかわからなくて、うまいっすよね、としか言えずにメロンパンにかぶりついた。

「大樹は、どうしてそんなに頑張っているの?」

織田先輩はその日、改まってそんなことを俺に聞いてきた。喉につかえたメロンパンをコーヒー牛乳で流しながら、なしてですか?って俺も織田先輩に尋ねた。

「大樹は本当によく頑張っているよ。でも普通、そこまで頑張る子っていないよ。六割くらいの力で、そこそこ疲れない程度に流してやってる子なんて、たくさんいるんだよ。平良先生だってそこを認めているよ。大樹見てると、どうしてこの子は

2

こんなに一生懸命なんだろうって、大樹が野球部に入ってきた時からずっと思っていたんだ」

俺は、ずっとこの時まで、俺の方から織田先輩に近付いていったと思っていた。それなのに、そんな早い時期から織田先輩が俺のことを見ていてくれたってことに、俺はすげぇびっくりした。そして、すげぇすげぇ、すげぇ嬉しかった。

そうして俺は、学校ではまことしか知らない、他の奴には一度も喋ったことがないことを、織田先輩に話したんだ。母親に二回捨てられた過去のこと、その時に、自分なんて何の価値もない人間なんだって目の前がまっくらになったこと。でも中学にあがって、平良先生に呼び止められて野球部に勧誘されて、俺のことを気にかけてくれる大人に出会って、それから俺の毎日が変わったこと。褒めてくれて、励ましてくれて、叱ってくれて、そんな平良先生にもっともっと自分を認めてもらいたくて、その一心でキツい練習に励んだ。平良先生に褒められるたび、元気が湧いた。

昔、まだ俺が小学生だった時に、祖母ちゃんが親父と話している会話を、俺は聞いてしまったことがある。大樹のことがフビンで、叱れない、って祖母ちゃんは言っていた。その頃の俺は、フビンっていう言葉の意味を知らなかった。なのに、何でかしんないけど、その時自分が「かわいそうな子供」って言われた、っていうことは直感でわかった。その頃から俺のまわりには、俺を置き去りにして俺のことを話す大人ばっかかしいて、聞こえない振りをしていることがけっこう、しんどかった。祖母ちゃんのことは好きだったけど、でも俺のことをそんなふうな目で見ている祖母ちゃんに、俺もどんな接し方をしていいかわかんないところがあって、誰にも言えなかったけど、やっぱしまことんちとは全然違うなって、心ん中では思っていた。

だから、俺のことを他の子と同じ目で見てくれて、ちゃんと叱ってくれる平良先生に俺は全面の信頼を置いたんだと思う。だから練習が苦しいなんて全然思わなかった。本当に苦しいのは、そういうものじゃないんだ。

2

俺がそう話すのを、織田先輩はじっと耳を傾けて聞いていてくれた。

「そうだったんだ。だから、あんなに頑張ってたんだね」

その時織田先輩は、そう言って少し首を傾けて、さりげなく左の目じりを指で拭った。

俺のこんな話で、織田先輩は、泣いてくれた。

その瞬間に俺はもう、織田先輩に、ぎゅって心を鷲掴みにされたんだ。

この時から、もう俺の中でのランキングは平良先生から織田先輩に替わっていたんだろうか。いや、多分そうじゃない。平良先生は平良先生だったし、織田先輩は織田先輩で俺の大切な人になったんだ。ただまことだけは、ある時から、俺が織田先輩の話ばかりすることにあまりいい顔をしなくなった。何でか聞いてもはっきり教えてくれなくて、ジェラシーみたいなもんかな、って思ってた。

いや、それは嘘だ。あん時のまことの気持ちをどっかで俺はわかっていた。誰かにそんなふうに憧れたり、尊敬したりし過ぎるのは危険だと、まことは理屈じゃなく感覚で感じ取っていたんだ。

俺だってわかってたさ。そういうの、イゾンって言うんだろ。知ってるよ俺だって。だけど、頭でわかってるのと、気持ちって違うだろ。そんなの自分でコントロール出来たら誰も苦労してないんだよ。織田先輩が好きで、憧れるのはいい。でも行き過ぎは良くないんだ、ほんとはな。俺が野球を始めたのは平良先生がきっかけだったけど、途中から本当に野球が好きになって、野球のために、自分のために頑張っていなきゃおかしい話だったのに、俺の中での一番は、いつの間にか、織田先輩になっていた。滝沢が来てからは、とくに。なんか、こんな野球やって、意味あんのかなって思ったり、俺だって何度もくさりそうになった。それでも野球部を辞めなかったのは、織田先輩がいたからだ。織田先輩が俺のことを心配してくれたら、大丈夫って言えたし、時々目が合うだけでも気持ちが繋がってる気がして嬉しかった。毎日、毎日、俺は野球をするためじゃなくて、織田先輩に会うためだけに部活に行っていたようなもんだった。

その時点できっと俺は、野球にも、織田先輩にも、負けていたんだ。

2

裏切り

あんなに暑かった夏も終わり、中体連も終わって、ひと区切りがついた秋のことだった。俺にとっては、最悪の秋だった。この日、体育委員だった俺は、来月に控えた球技大会の種目の選定に残されていた。バスケにバレー、ドッジボール、サッカー……、皆に書いてもらったアンケート用紙を振り分けながら、今日はこの後帰ったら自分で筋トレをしよう、と考えていた。朝の学活の担任の話をよく聞いていなかったから理由は忘れたけど、その週は何かの都合で学校全体の部活動が休みになっていた。

三日もさぼったからだいぶ体がなまってるだろうな、そう思いながら置きっぱなしになっていた靴を取りに野球部の部室に向かった。もう遅かったから学校に人気はなくて、廊下を走る俺の靴音だけが響いた。

職員室には部室の鍵がなくて、誰かいるんだろうか、とそっと中を覗きながら部室に入ると、意外な人がひとりで立っていた。

電気もつけずに、静かに織田先輩は立っていた。

こんな肌寒いのに開いている窓と、バットと、グローブと、皆の靴と、……タバコの匂い。夕暮れの暗い橙の光が織田先輩の顔を射して、暗い影を作っていた。

織田先輩と、タバコ。世の中にこんなに似合わない取り合わせはなかった。

俺にとっての野球。まことにとっての社会科準備室。織田先輩にとって、どこが織田先輩の居場所だったんだろう。本当は、どこにも息をする場所なんてなかったんじゃないかって、別人のように見える織田先輩を見つめながら、俺は思ったんだ。これから控えた受験とか、親とか、将来のこととか、俺の知らない世界の中で、計り知れないくらいの重圧を、織田先輩はその顔の下に隠していたんじゃないか、って。

俺たちが黙って見つめ合ってたのは多分十数秒くらいの時間だったと思う。だけど、その短い間にそんなたくさんのことが、ばーって俺の頭の中を巡っていた。

見ちゃいけなかった。誰も、織田先輩にこんな顔があることを、知っちゃいけなかった。でも今ここで知らない振りを装ってこの場をやり過ごすことは、もう遅い。それくらい、この時の俺は驚いた顔をしていたと思う。

どうしよう、織田先輩に、何て声をかければいいんだろう。口をぱくぱくさせて俺が迷っている時、こんな最悪の場面に、最悪のタイミングで、あいつが入ってきた。

「あれぇ、何だろう、この匂いは」

それがそいつの癖の、芝居がかったわざとらしい口調。俺と織田先輩は同時に振り返って、背後にいつの間にか立っていた男の姿を認めた。

「織田クン、上田クン。先生よくわからないから、説明してくんない」

2

どう料理してやろう、というような顔で、そうまるで、狡猾な猫が捕まえたねずみをいたぶるような目で、滝沢は俺たちをじわりじわりと追い込んできた。

織田先輩の経歴に傷をつけちゃいけない、とっさに俺はそう思った。俺のことなんていい。別に行きたい高校があるわけでもないし、ちょっとくらい内申に悪く書かれたって、たいしたことじゃない。でも織田先輩は違う。高校受験だって控えているこんな大事な時期に、こんな事件なんて……。そう、これは事件だ。この事件を、公に知られては、絶対にいけない。

俺がやりました、と言おうと息を吸った瞬間、織田先輩は、九十度に体を曲げて、滝沢に頭を下げながら言ったんだ。

「見逃してやってください」って。

何が起きたのかわからなくて、俺は茫然としていた。

僕からも、大樹にはちゃんと言います。先生、お願いですから、このことは学校

2

側には黙っていてください。いくら織田クンの頼みでもねぇ。

固まったまま二人の会話を聞きながら、俺、今、言ったっけ、俺がやりましたって、言ったっけ……と混乱する頭の中で、数秒前のシーンを何度も何度も巻き戻しながらぐるぐる考えていた。二人は、そんな俺の存在を無視して会話を続けていた。

なんかごちゃごちゃやり取りして、会話の流れが変わり出したのは、織田先輩が「父親」というワードを出した時からだ。それに滝沢が一瞬反応したのを織田先輩はすかさず見抜いて、もうそうなったら会話の主導権は滝沢から織田先輩の手に渡っていた。特権意識を持っている人間の強気な態度というのを、この時初めて俺は目の当たりに見た。

「上田クン、先生これから織田クンと話があるから、君もう帰っていいよ」

滝沢にそう言われても、俺は身動き出来ずに体を棒のようにして突っ立っていた。織田先輩の顔をじっと見つめても、織田先輩は、一度も俺の方を見てくれなかった。

この時、織田先輩にどんな言葉をかけて欲しかったのかは自分でもよくわからない。ただ、こっちを見てくれるだけでもいい、俺は織田先輩の表情から何かを見つけたかった。

だけど、何やってんだよ早く帰れよ、みたいな目で滝沢に見られて、そして明らかに俺に退散して欲しい空気を二人に出されて、その目に見えない無言の圧力に負けた俺は、失礼します、とだけやっと言ってその場を離れた。

家に帰る道を茫然と、たった今起きたことを反芻しながら歩く俺の姿は、幽霊みたいに見えたかもしれない。現実をすぐには認められなくて、俺、言ったっけなぁ、言ったっけなぁ俺、と壊れたテープみたいにぐるぐる同じことを考えながら歩いた。

家に帰り飯を食って、風呂に入って、のろのろと自分の部屋に戻った俺が無意識に手に取っていたのは、織田先輩からもらった野球のグローブだった。

「いいんですか、これ俺がもらっても」

「いいよ、僕のお古で悪いけど」

「お古だなんて、なまら綺麗じゃないですか！　織田先輩の使っていたグローブなんて、マジで嬉しいです！　ありがとうございます！」

今でも、その時交わした会話を全部覚えている。

グローブを見つめながら、俺は思った。

俺はあの時、言っていなかった。俺がやりましたって、言おうとしたけど、まだ言っていなかった。

織田先輩は、俺を、身代わりにしたんだ。

2

俺は浅い眠りの中で、ずっと何かを吐き続ける夢を見た。何度も何度も、のたうち回って、夢の中で何かを吐き続けた。

最悪の寝起きの気分で朝目覚めて洗面台の鏡を見たら、おでこにでかいたんこぶが出来ていた。プラス、みみずばれのオプション付き。

ゆうべ家の中をぼーっとして歩いていたら何でもないところで、「どうしてそこにぶつけた？」って親父に真顔で聞かれるくらい、本当に何でもないところで思い切り額をぶつけたからだ。泣きっ面に蜂って、って思いながら顔を洗ったらめちゃくちゃしみて、涙が出た。

それからの学校で俺が何をどうやって時間を過ごしていたかは、あまりよく覚えていない。かなりぼんやりしていたと自分でも思うけど、あのことは誰にも、まことにも言っちゃいけないとそれだけは強く思いながらいた。担任から何も呼び出しを受けないところを見ると滝沢は見なかったことにして済ませてくれたんだと、それだけは理解出来た。

織田先輩は、どうしているんだろう。ふとひとりになって思うことは織田先輩のことばかりで、複雑な感情が絡み合う中で、自分でもどうしたらいいのかわからないながらも、このまま二度と織田先輩と話も出来なくなるのは嫌だと思った。

織田先輩の方から俺に会いに来てくれたのは、あの事件から三日後の昼休みのことだった。わざわざ二年生の教室まで出向いて来てくれて、放課後、部室で話をしようと俺を誘ってくれた。

2

放課後まで待ちきれない思いでそわそわと午後の授業を受けながら、俺は織田先輩の意図を想像した。織田先輩のことだから、大樹ごめん、あの時はとっさにあんなことを言ってしまったけれど、僕あれから考えたんだ、やっぱり本当のことを皆に話そうと思う、って言ってくるんじゃないかと思った。織田先輩は、そういう人なんだ。

でもそれは、絶対に阻止しないといけない。せっかく滝沢が黙っていてくれて、わざわざ自分から公表することはない。そんな意味のないこと、必要ないじゃないですかって、言おうと思っていた。先輩があの時そう言ってなかったら俺がやったって言おうと思ってたんです、って言わないといけない。そうはやる気持ちを抑えながら、俺はひたすら放課後になるのを待った。

部室に行くと、織田先輩はもう先に来て俺を待っていてくれた。いつもと変わらない織田先輩の顔だった。

「大樹、ここに座って」

窓に向って、椅子が二脚並べてあった。横並びになっていることをさして不思議にも思わず、俺は織田先輩の隣に腰をかけた。織田先輩は窓の外を見ながら、前かがみの姿勢で膝の上で両手を組んで、ゆっくりと口を開いた。

「大樹はこれからのこと、どう考えてる？　野球部のこと。僕たち三年生はもう引退するだろう。僕がいなくなった後、どうなっていくだろう、野球部は。僕は、大樹のことが心配なんだ」

全く予想もしていなかった話の滑り出しに、俺は返事も出来ずにただ黙っていた。織田先輩が何を言い出そうとしているのか、見当がつかなかった。

「これはまだ誰も知らないことなんだけど、平良先生は、社会復帰は難しいらしいんだ。だから、来年から正式に、滝沢先生が野球部の顧問に就任されることになるんだよ。だけど滝沢先生はあのとおり、なぜか大樹には辛くあたるだろう。僕がいなくなって、大樹のこと庇える人間がいるのかって思ったら、心配なんだよ、本当に」

平良先生が？　復帰が難しいって、じゃあ平良先生はもう野球部に戻ってこれないのか？　何で織田先輩がそれを知ってんだ。待って、それより、平良先生の容態は今、どうなってんだよ。え、ちょ、待って、それとこの後の俺が心配って、どういう意味？

混乱して口をつぐんだ俺に、織田先輩は言った。

「だから大樹、野球部を辞めないか？　残っていてもいいことなんて何もないよ。僕はそうした方がいいと思うんだ」

思いもしなかった織田先輩の発言に俺は言葉を失った。

「卒業しても、僕は大樹の味方だよ。だから僕たちの関係は、今までと何も変わらない。何か困ったことがあったり、相談があればいつでも聞くよ。何かの時には大樹の力になる。だからそんな時は、いつでも僕に連絡をしてくれ」

これが、話？

織田先輩の言葉を聞きながら、俺は指が震えていた。先輩それは、先輩、それは……。

「それは、俺がいつか部員の皆に、あの時のこと喋るんじゃないかって、心配してるんですか？　俺のこと、疑ってるんですか？」

「それは違う」

この時だけ織田先輩はぱっと俺の方を見て、俺の目をしっかりと見て言った。

「それは違うよ、大樹。そんなことは絶対にない」

誠実な顔で、こんなにきっぱりとものを言って、百人の人が見たら、きっと百人の人全員が信じるに違いない。そんな強い目で織田先輩は俺を見つめた。

もし織田先輩の頭の中に「今日大樹と話をする必勝法」っていうノートがあったとしたら、「ココ、絶対認めちゃいけない場面」って赤い字で線引っ張ってあったと思う。そう思うくらい、そつがなくて完璧だった。完璧すぎて、かえって織田先輩のしたたかさを感じた。あまり見たくない一面だった。いたたまれなくなって、

2

俺の方が織田先輩から目を逸らしていた。

俺の反応が気になるのか、俺の横顔をそっと窺う織田先輩の様子が視界に入ってきたけど、俺は向こうを見られなかった。俺が黙り込んだら、織田先輩も黙って、そうやってどのくらい、二人で無言のままいただろう。こんな気まずい時間を織田先輩と過ごすのは初めてだった。

しばらく経って、今度は俺の方がそっと織田先輩の横顔を窺った。

織田先輩は、早く帰りたそうに見えた。言いたいことはもう全部言ったし、わかったって言ってくれよ、って俺の返事を待っているように見えた。俺がノーと言えないことを織田先輩はわかっていた。俺が先輩に従って野球部を辞めることは、先輩の中ではもう決定していることなんだろう。

その冷静な横顔を見ていたら、ああ、この人も変人なんだ、って思った。あの方はむごいことをなさる、って下々の者が泣きながら死んでいっても平然としていた織田信長みたいに。

あきらめの気持ちがいっぱいに広がって、そういえば名前も一緒だったな、なんて、全然関係ないことに心が逸れた。何だか力が抜けて、俺は何を言う気にもなれなくなっていた。そうかといって、素直にわかりましたと言うことはどうしても出来なくて、

「もう、帰りましょう」

と、長い沈黙を破って織田先輩に話しかけた。

それを俺の承諾と受け取った織田先輩は、ほっとした表情をして早々に椅子から立ち上がった。俺も立ち上がった。

そうして目が合った時、織田先輩は、じゃあと言って右手を出して、俺に握手を求めてきた。

握手って、なんだよ。

人の気持ち無視してこんな一方的に話を自分の思うように強引に持っていって、握手ってなんだよ。こんな状況になってもまだ、後輩から慕われるいい先輩の役も

捨てたくないのかよ。

俺はその無神経さに強い嫌悪を感じて、差し出してきた織田先輩の手を払いのけた。

初めて見せた俺の反抗的な態度に、織田先輩は驚いたり、済まなそうな顔をすることもなく、まさかのノーリアクションをかました。見事なくらいの切り替えの早さで入り口の方に向きを変えて、俺の方を一度も振り返ることなく、姿勢のいい背中を見せて、織田先輩は部屋から出て行った。

部室にひとり残された俺は、しばらくの間立ち尽くしていた。

こんなに俺の反応に無関心なら、握手の意味にそこまでこだわってないなら、なんで握手なんて求めた？

こんな状況になってもなお織田先輩の取る行動の一つひとつに、いちいち傷ついている自分が情けなかった。

2

最後の手紙

その後の学校の中での俺の日常は、変わらなかった。授業中居眠りして教科書の角で頭をはたかれたり、給食時間にふざけ過ぎて担任に怒られたり、昼休みにクラスの奴らと体育館でバスケしたり、普段と全く変わらない毎日を過ごした。

それでもひとりになると、織田先輩のことを思い出した。織田先輩の言葉を思い出した。

なしてなんだ。部室で滝沢に見つかってから、それからの三日間、織田先輩が考えていたことは、俺のことじゃなくて、自分の心配だったなんて。あいつに限っておかしなことはしないだろう、でも……って、織田先輩は、ずっとそんなふうに心配していたんだろうか。

なしてですか、織田先輩。なしてなんですか……。

2

俺のクラスで、どうでもいいところでどうでもいい嘘をいつも吐く奴がいた。面白い奴なんだ、意味ねぇ嘘ばっかこいて、なまら嘘つきだって誰からも信用されてないんだって、ずっと以前、織田先輩に話したことがあった。

その時織田先輩は、「本当の嘘つきはね、正直者なんだよ」と言った。

いつも本当のことを喋って、ここっていう所でだけ嘘をつくんだ。まわりからの信用があると、そのひとつの嘘が生きるんだ。

普段の織田先輩らしくない生々しい話に、こつんと、心に何かが軽く当たった気がした。でもすぐ忘れた。今まで忘れていた会話だったのに、何でか今蘇ってくる。

織田先輩、あれは、あの時の話は、先輩のことだったんですか。俺は、先輩にとって、ひとつの嘘をついてもいい相手だったんですか。

もやもやと、いつまでも霧が晴れなかった。怒りたいのか、悲しいのか、自分でもよくわからなかった。

時間が経っても、どっかで俺は、織田先輩のことをあきらめられずにいた。

そうしてある日の夜、俺は、思い切って織田先輩に手紙を書いた。

部室にある織田先輩のロッカーは、歴代の部長が使う一番目立つ場所にあって、俺はよくその織田先輩のロッカーにいたずらを仕掛けた。くだらないギャグばっかし紙に書いて、こっそり忍ばせたりとか。

滝沢が来てから少し経った時、初めて織田先輩の方から手紙をくれた。

「ガンバレ」とだけ書いてあったあの短い手紙は、くじけそうな俺に勇気をくれた。


織田先輩、俺は、織田先輩のことをすごく尊敬していました。

だから、あの時、織田先輩が言わなきゃ俺がやったって言おうと思ってました。

織田先輩が心配するようなことは、俺は絶対しないし、言いません。

織田先輩がこんな俺のことを可愛がってくれたこと、たくさん助けてくれたこと、今でも感謝しています。

2

だから、織田先輩から野球部を辞めたらと言われたことは、ショックでした。
でももういいんです。ただ、これだけは教えてください。
織田先輩にとって、俺は、何だったんですか？

大樹

伝え方を間違えたと後悔しています。
あるところに行きたくて、強い思いに駆られています。
これが僕という人間です。どうにもなりません。

織田 悟

織田先輩からの手紙が返ってきた後、俺は野球部を辞めた。

3

目標

机の上で走る無数のシャーペンの音が教室に響いている。

「あと十分」

担任の近藤が腕時計を見ながら静かに言った。それを聞いて慌てる生徒と、あきらめる生徒がいるとすれば、僕は後者の方だ。ゆうべもテレビに見入ってしまって、全く勉強していないのだから仕方ない。

三年生に進級し、夏休みが終わると受験モードまっしぐらで、今年の三年生は、

3

その波が来るのが例年よりも早いと先生方の間では言われていた。まれに、ひとりの意欲的な生徒の存在で、周囲がそれに触発されて引っ張られていくことがあるんだそうだ。学校始まって以来と言われるほど、僕らの学年は来年の受験に向けて、皆真面目に真剣に取り組んでいた。

それなのに、僕だけはその波に乗れず、まだエンジンがかからないでいる。どこかにやる気スイッチがあったら誰かに押して欲しかった。答案用紙を裏返してぼんやりと肩肘をついていたら、並びに座っている三浦詩織と目が合った。三浦は、ぐいっとあごを出してペンを持った右手を振った。最後まであきらめるな、というジェスチャーだろう。

この子は昔からしっかり者で、僕にちょっとおせっかいを焼く。中二からまた同じクラスになったけど、小学校の時から全然変わっていない。リコーダーの練習の時も班の皆を引っ張っていって、今じゃ学級代表だ。僕もだけど。自分から立候補した三浦とは違って、僕はじゃんけんで負けたクチだけど。学級代表って、他の委員と違ってやることがすごく多い。こんな仕事の多い面倒な役を自分から受けるなんて、信じられないよ。でも相棒が三浦でよかったと、僕は少しほっとしていた。子供の頃から知っている同級生は、お互い説明がいらなくて楽だった。

「まことくん、テスト勉強、さぼったでしょ」

放課後、委員の集まりに視聴覚室へ向かう途中で、三浦はそう言って僕を軽く睨んだ。

「そろそろ本気出さないとヤバいよ。まだ高校も決めてないんでしょう」

わかってるよと返事をしながら、たしかにヤバいと僕も思った。

でも、やりたいことが見つからないんだよ。何を基準に行く高校を決めていいかわからないんだよ。三浦は吹奏楽部に力入れて、高校だってそっち系に迷わないで行くんだろうから、いいけどさ。

この歳まで、僕は自分の人生で何かの選択をしたことなんてなかった。今までずっと、着るものも、食べるものも、通う学校だって、考えるよりも先に目の前に

3

用意されてきたのに、それを今この段階にきてはい自分で決めてください、と急に言われても、何を選んでいいかわからない。そもそも僕らは、どうして学校に行かなきゃいけないの？

何でもいいんだよ、確実に自分が入れるとこ押さえとけば、っていう子もいたけど、僕はひとつでもいいから自分が納得出来るものが欲しかった。なんて余裕かましていたら、もう二学期だ。困ったもんだ。

「三浦は高校に行っても吹奏楽部に入るんだろ？」

廊下を一緒に歩きながら、僕は三浦に尋ねた。

「もちろん。フルート続けたいから」

三浦の吹くフルートは、綺麗な音色だった。たまに社会科準備室にいる僕の耳にも聴こえていて、三浦の音だけはなぜか聴き分けられた。

「いつか大人になったら、ウィーンに行きたいんだ。音楽の街、ウィーン。まことくん、どこにあるか知ってる？」

「ヨーロッパの……どっか」

「そう、ヨーロッパ。ウィーンはねぇ、気候が音楽を聴くのに適しているの。街中のあちこち、音楽で溢れていて、住んでいる人たちは生活の中で当たり前のように音楽を楽しんでいるんだって。そういうの、素敵だよね」

「ふーん」

「北海道だってね、ヨーロッパと緯度が近いから音楽に適した気候なんだよ。初夏の気温と湿度って楽器に一番適した気候で、本当に綺麗な音が出るの。楽器が喜ぶの。だから北海道の人は、もっともっと音楽を楽しめばいいのにって思う。夏になったら大通り公園や真駒内で野外コンサートやってるでしょう。そういうの、札幌の人はみんなもっと積極的に顔出して、生活の中に取り入れて楽しめばいいのに、あんまり注目されてないよね。もったいないよ、全然音が違うのに」

僕があまり気のない返事をしても、三浦はいつもひとりで勝手に喋っている。それが気楽といえば気楽だった。よく知らない人を相手になんか話さなきゃって思いながら喋ることほど苦痛なことはない。幼馴染みの強みだ。

もうひとりの幼馴染みのだいちゃんは、最近あまり僕にかまってくれない。愚痴を言うカノジョみたいに僕がそう言ったら、学校帰りに、たまに行っていたあの公園に付き合ってくれた。

いつも座っていた親子ブランコは小学生に占領されていて、だから僕らはよいしょと草むらの上に座り込んだ。

「まこと、まだ高校決めてないの?」

なんで三浦とおんなじこと言うんだよと思いながら、僕はうんと小さく答えた。モードが切り替わらない身としては、こういう質問は肩身が狭い。もうじき三者面談もくるだろう。ゆうべお父さんにもどうするんだと聞かれ、この頃の僕は皆から責められているみたいだ。

一時期お父さんと文通していた時は何でも自分のことを話せたけれど、今はうまく話せない。あの頃の僕は、本当に素直だった。素直で、何にでも一生懸命だった。

九九も、漢字も、リコーダーも、競い合うようにして同級生たちと挑戦し合った。そしてその様子や結果を、詳しくお父さんに手紙で報告した。その文通もいつの間にか途切れてしまったけれど、あの親子離れて暮らしていた時期が、一番お父さんの近くにいた気がする。

楽しみながら勉強をしていたあの頃の僕は、どこへ行ってしまったんだろう。

「あー、天気良くて気持ちいーな」

ゴロンと寝転がって、だいちゃんは大きな伸びをしながら言った。僕も真似をしたら、視界いっぱいに青い空が広がった。

だいちゃんは、去年から少し変わった。野球部も辞めてしまった。でも状況が状況だったから、誰も驚かなかった。織田先輩の話もある時からぷつりとしなくなった。卒業式の時も、僕が拍子抜けするくらいだいちゃんはあっさりしていたし。何があったのか、気にならないわけじゃなかったけれど、だいちゃんが僕に何も言わなかったから、僕も聞かなかった。それよりも安心の方が大きかった。

3

だいちゃんには言えなかったけれど、僕はあんまり織田先輩のことは好きじゃなかった。誰も織田先輩のことを悪く言う人なんていない中で、どうして僕だけがそう思っていたかというと、それは僕が直接織田先輩と関わりがなかったからだ。織田先輩と会って喋った人は、みんな織田先輩のことを好きになる。でも僕はだいちゃんが語る織田先輩しか知らなかった。そうして、だいちゃんの話をよく聞いていると、時々、あれって思うことがあった。うまく説明出来ないけど、例えばだいちゃんは人の誕生日をよく覚えている子だった。織田先輩もだいちゃんに教えてもらった部員の誕生日を覚えようとしていたみたいだけど、でもなんか違うんだ。だいちゃんのそれとは、質感というか、皮膚感覚が僕には違って感じた。織田先輩のそれは、「受験はテク」みたいな要領というか、人のポイント、ポイントを押さえていこう、っていう下心をどうしても感じてしまって、結局は自分の人気取りみたいな、何だか織田先輩の人柄に胡散臭いものを感じていた。もし二人が幕末に生まれていたら、だいちゃんは西郷隆盛で、織田先輩は伊藤博文ってとこだろうか。

きっとあの先輩は、どの時代にいたって、うまく渡っていくんだろうなってイメージがあった。うまいことやって、ちゃんと納まるところに納まる、みたいな。

それが確信に変わったのは、織田先輩が言っていた「本当の嘘つき」の話をだいちゃんから聞いた時だ。

「織田先輩、変なこと言ってたんだ。誰のこと言ってたんだろうなぁ」

それ、自分のことじゃないの。

だいちゃん、それ、織田先輩自分のこと言ってんじゃないのって僕は思った。普通に誰が聞いたってそう聞こえるのに、だいちゃんどうして気付かないんだろう、そこまで織田先輩に目潰し食らわされてるのって、すごく心配になった。あまりに近過ぎてわからなくなってるんだなって思ったけど、僕の口からは言えなかった。もし言ったとしても、織田先輩はそんな人じゃないって、きっと真っ赤になって怒っただろうし。それに余計なこと言って、だいちゃんを取られて焼き餅焼いてる人、みたいに思われるのもなんか嫌だった。

3

どういうことがあったかはわからないけど、だいちゃんが織田先輩の何かに気付いて、心の距離を置くようになったなら、それはそれでよかった。そりゃ、ほんとは二人の間で何があったのか、すごく聞きたかったけど。僕にさえ話してくれないだいちゃんに、ちょっとだけ、ほんのちょっとだけ寂しさを感じていたけど。

　子供の時とは違う距離感が自然に出来ていく中で、感情の部分だけが、いつも半歩遅れて僕の後ろをついてくる。それは、僕だけが感じているものなんだろうか。だいちゃんは、他の皆は、少しずつ変化していく友達との関係をどう感じているんだろう。無意識に人と比べて落ち込んだりしないんだろうか。織田先輩は？　織田先輩は、高校へ行っても相変わらず皆の王子なんだろうか。

　織田先輩とだいちゃんは、最初の頃、ずいぶん変わった組み合わせだとまわりから思われていたところがある。やっぱりそのとおり、最終的には交わらない二人だったんだろうけれど、でも、織田先輩がだいちゃんを可愛がってくれたことは織田先輩の本心だったと僕は思いたかった。力強さと繊細さが同居しただいちゃんの持つ不思議な魅力に、織田先輩は惹かれたんじゃないか、お互い自分にはない魅力にあの二人は惹かれ合っていたんじゃないかって。それか、あんなきちっとした人に見えて、本質に二人似たものを持っていたのか。そのどちらでもあるような気もしたし、どちらでもなかったのかもしれない。

今となっては真実なんてわからないけど、ま、ただひとつ、だいちゃんに注目するなんて、見る目あるじゃん、ってそこだけは織田先輩に好感を持っていた。だって僕は、だいちゃんの一番のファンだから。

だいちゃんの気持ちはどうなのかな、って思った時、僕はどうしてもだいちゃんのお母さんのことを思い出してしまう。あんなに慕っていた織田先輩のことをぱしっとだいちゃんが切り替えられたのは、やっぱりお母さんとのことがあったからなのかなって思うから。

小学校の一年生の終わり頃に家を出て行っただいちゃんのお母さんと、だいちゃんが定期的に会えるようになったのは、三年生の冬休みからのことだった。それか

3

らは時々、お母さんと会って外にご飯を食べに行ったりしていたらしいんだけど、その時のことを、だいちゃんは変な顔をして僕に話してくれたことがあった。

「俺はお母さんと二人きりで会いたいのに、お母さん、いつも変なおばさん連れてくるんだよ」

「何で？」

「わかんない。俺、ほんとはあんまりそのおばさん好きじゃないんだ。でも、お母さんが一番の友達だって言うから、言えなくて。いっつも二人でお酒飲んでてさ。別にそれはいいんだけど、でも変なんだよ。お母さんがいつもお金払うんだ。おかしいよね」

「それほんとに友達なの？」

「知らない」

だいちゃんのお母さんはあんまり料理が得意じゃなかったみたいで、ご飯を食べる時はいつも居酒屋みたいなところに連れて行かれていたそうで、それも何だかなあって思っていた。そうしてある時、だいちゃんのお母さんとその変な友達が、だいちゃんのことを話している会話を、だいちゃんは聞いてしまったことがあったらしい。

トイレから戻ってきただいちゃんは、二人が自分のことを話していることに気が付いて、何となくその場に戻れなくなってうろうろしていたら、お母さんが言ったんだって。だいちゃんのこと怖いって。

「大樹と会うと、大樹に責められてるみたいな気がして、二人きりで会えない、って。俺、今までそんなこと言ったことも、思ったこともないのに、なしてだと思う？」

「僕も、わかんない」

僕がそう答えたのは、たしか五年生の時だった。あの時はわからなかったけど、来年高校生になる今の僕には、僕なりの意見というか、考えが芽生えている。だいちゃんのお母さんは、弱い人だったんだと思う。自分のやってきたこと、人は知らなくても自分にはバレてるから、だから自分の子供の前で堂々としていられなかったんだと思う。自分でそう思うならちゃんとすればいいのに、それも出来なくて、だから友達呼んで逃げていたんだと思う。そういう場に自分が一緒にいて楽な人間を呼ぶのって、ただの逃げでしょ。だいちゃんが悪いんじゃなくて、それはだいちゃんのお母さんの方の問題だよね。自分が悪いのかなって気にしてるだいちゃんが可哀想だった。

そして、だいちゃんが六年生の時に、だいちゃんのお母さんは今度は突然、小さい男の子と女の子を連れて来て言ったんだって。

「お母さん、今度この子たち育てていかなきゃいけないから、もうあんまり大樹に何もしてやれないから」

そんな言い方ってある？　だいちゃんは、忙しいお母さんに毎日会いたいとか、そんなわがままなこと言ったことないじゃないか。他に家族が出来たって、してあげられることなんてたくさんあるじゃないか。会えなくたって、元気かって、電話で声聞くくらい出来るでしょ。それさえ出来ないって言っているように聞こえるのはどうしてなの。だいちゃんの存在がそんなに負担なの。自分で産んだ子供だろ。僕らは、生まれた瞬間から別の人間なんだよ。だいちゃんの気持ちはどうなるの。

そんな話、聞いたことない！って、最終的には僕より僕のお母さんの方が怒っていた。人のお母さんのことあんまり悪く言いたくないけど、だいちゃんのお母さんは、あんまり自分の意思みたいなのがない、人に流されやすい人だったのかなぁって思う。そういう、いつも自分の都合で生きてきた人って、最後には何が残るんだろう。向こうの家族ともうまくいかなくなって、そうなってからだいちゃんに会いたいって連絡を寄越しても、もうだいちゃんはうんって言わないだろうなって思う。人の気持ちにだって、賞味期限があるんだ。だいちゃんは前に僕にきっぱりこう言っていた。「俺はペットじゃない」って。

子供だって、親のやっていることよく見てるんだ。それをちゃんと言葉で説明出来ないだけで、言っていることとやっていることが違う時は、おかしいって思って

3

るんだ。

社会に出たら、もっとひどい人がいっぱいいるんだって。

だから僕は本を読む。たくさん本を読んで、たくさんの語彙を身に付けて、おかしいって思った時は、怒ったり、暴力に訴えたりするんじゃなくて、ちゃんと言葉で自分の思っていることを説明出来るように、まだまだ知らない言葉を、たくさん知りたい。

そして、自分にとって大切な人を、大切にしていきたい。だいちゃんの辛い体験を、だいちゃんを通してたくさん見てきた僕は、そう思うんだ。だいちゃんのお母さんの話はそれから僕らは一度もしたことがなかったけど、僕もだいちゃんも、きっと同じことを思ってる。

あんな大人にはならない、って。

「まことは何もないの？　やりたいこと」

出たよ、その質問。

そうなんだよね。立派な大人になるとかいう前に、まずはそれなんだよ。まずは行く高校決めなきゃなんだよ。

「それ、最近よく考えるんだけど、見つからないんだよね」

起き上がってぶちぶちと草をちぎりながら僕は言った。

「だいちゃんは？」

「俺は、何にも持っていないから、自分の力で手に入れたい」

「何を？」

「何かを」

そう言いながらだいちゃんは空を見ていた。

「そのために、俺らが今何をしなきゃいけないか、まこと、わかるか？」

わからない、という風に首を傾げた僕に、だいちゃんは体を起こして、まっすぐ僕を見つめながら言った。

「勉強だよ」

3

ちょっと前の僕だったら、ここでぶっと思い切り吹き出していた。だいちゃん今のジョークナイスって、親指出していた。

でも、この時の僕は笑わなかった。だいちゃんが本気で言っているのがわかったから。だいちゃんが、本当にそれを実行しているのを知っていたから。

今年のだいちゃんはすごかった。突然何に目覚めたのか、急に授業を真面目に受けるようになって、成績もそれに合わせてぐんと伸びて、ぐんぐん伸びて、まわりの生徒たちもそれにすごい刺激を受けるようになっていた。

意欲的なひとりの生徒とは、だいちゃんのことだ。

だいちゃんは、本当にすごいんだ。その体に、まわりに大きな影響を与える力を持っているんだ。だいちゃんが意識していなくても、だいちゃんが悪く変われば悪い方に、良く変われば良い方にクラスをぐいぐい引っ張っていく。そんなクラスの空気が学年へと伝播して、それが学年全体に大きく広がっていくくらい、ひとりで学年の雰囲気をがらっと変えてしまうくらい、だいちゃんは、皆を引っ張っていく大きな力を持っているんだ。

僕の、自慢の親友だ。

でもこの時の僕は、真面目なだいちゃんの言葉に何だかむずむずと照れ臭くなって、そんな勉強なんてしたって、どうせ社会に出たら関係ないじゃんとか何とか、本気じゃないけどちょっぴり後ろ向きなことを言って抵抗を試みた。

「それは違うよまこと。ちゃんと勉強して上の学校にあがって、いろんなこと身に付けたら、選択肢が増えるんだ」

あまりにもまっとうなだいちゃんの発言に、僕は目をぱちくりさせた。

「別に、偏差値の高い学校に行くことが目的なんじゃないよ。それを手段にするんだよ。いい学校を出たら、それだけ職業の選択肢が増えるんだよ。自分の可能性が、広がるんだ」

だいちゃんが、そんなに先のことを考えて勉強していたなんて、僕にとっては驚き以外の何物でもなかった、

3

「俺の家は普通の家だしエリートでも何でもないけど、むしろ片親で普通以下かもしんないけど、でも今から頑張れば、変えられると思う。生まれた時から勝ち負けが決まってるなんて人に決めつけられたり、あいつならいいって踏みつけにされる人生なんて、俺は嫌なんだよ」

だいちゃん、君は、本当にすごいよ。だから、あんなに頑張っていたんだね、自分の人生かけて君は何かに挑んだんだね。だいちゃんは、きっと何でも叶えられる。だいちゃんなら、きっとものすごいパワーで自分の目指すものに向かって、いろんなことを成し遂げていけるだろうって、ほんとに思う。

僕は、ずっと前から知っていたよ。時々、そのパワーに圧倒されて、息苦しくなるくらいに。だいちゃんを見ていると、自分はそこには行けないってことを、嫌というほど思い知らされるんだ。

だから、僕はずっと、そこから逃げていたんだ。だいちゃんみたいにはなれないって最初からあきらめて、努力することを惜しんで、エコで過ごしていたんだ。

努力して、それがもし報われなかったら損じゃん、って。

「スポーツ出来る奴より、スポーツ『も』出来る奴になった方が、カッコいいべや」

人間、あまりにも正論過ぎるほどの正論をド直球で投げられると、癪にさわる。

僕は、トイレに行く振りをして立ち上がり、えいっと後ろからだいちゃんの大きな背中に飛び掛っていった。

「ずるいぞ、自分ばっかり大人ぶって」

「何だよまこと、やめろよ」

二人でもみ合ううちにプロレスごっこに転じて、子供の頃のように僕らは草むらの上でじゃれ合った。だいちゃんの力にはやっぱり敵わなくて、最終的には僕の苦手な「くすぐりの刑」にはまってしまい、

「ヤメテーー！」

という僕の絶叫が公園中にこだました。

3

白石先生の言葉

「結城君は、何を読んでいるんですか」

本を読んでいる僕に、白石先生がそう話しかけてきた。

古い本で溢れたこの社会科準備室は、いつも古いインクの匂いがする。おじいちゃんちの匂いがするっていう子もいたけど、僕は古本屋のようなその匂いがけっこう気に入っていた。また新しい本が増えていて、白石先生の机の周りは整っていることがない。

「この前先生が薦めてくれた、教科書に載ってる明治維新が嘘だらけっていう本です」

白石先生だって気付いてないわけはないのに、あえて聞いてきたのは何か話したいことがあるのかな、と思い、僕は顔を上げて本を閉じた。

「それはいい本です。教科書に書かれていることだけが全てではありません。真実はひとつではない、いろんな角度から物事を見ることはとても大事なことです。今の世の中は情報で溢れています。何が真実で、何が嘘か、惑わされないようにするためには、常に活字に触れて、自分自身で感覚を養っていくことです。ついでに言うなら、嘘イコール悪、と結論付けるのも単純過ぎます。どうして嘘をつかなければならなかったのか、その背景にあるものを考察することも勉強です」

入学してからずっと、白石先生には日本の歴史を教えてもらってきた。権力の奪い合いの歴史。敵になったり、味方になったり、裏切ったり裏切られたり、政治的敗者のその後の人生など、数々のドラマがあった。そのドラマを語りながら、白石先生は今言ったようなことを僕に教えたかったのかな、と僕は感じた。大和の国から始まって、明治維新までできたというのは卒業がもう近付いているという証で、不意に別れの寂しさが僕の中に広がった。

「この三年間、結城君はよく勉強しましたね。事実と正面から向き合おうとする力が育ちました。進路がまだ決まらないのは、そのせいなのかもしれませんね。いろんなものを見て、いろんなことを考えて、かえって定まらなくなっているんでしょう。それだけ、真剣に考えているということです。焦ることはない、まだ時間はあるんですから、ゆっくり考えるといい」

僕が安心出来る場所として三年間この社会科準備室に足を運び続けたのは、白石先生という懐の大きな先生の存在があってのことだったのだと、改めて先生の言葉を聞きながらしみじみと思った。

「今日はこれから職員会議があるんです。結城君はまだだいたいのなら残っていてもいいですよ。ただ先生はもう戻ってこないから、出る時に鍵を職員室に戻しておいてください」

そう言って僕に鍵を預けて立ち上がった白石先生に、「白石先生」と僕は呼び止めた。

「卒業しても、時々ここに来てもいいですか」

「いつでもおいで」

優しい笑顔でそう言い残し、白石先生は両手を後ろに組みながらゆっくりと歩いて社会科準備室を出て行った。

平良先生は、順調に回復されているとこの前だいちゃんが話していた。白石先生も、いつまでもお元気でいてほしいな、なんて、今まで思ったこともないようなことを僕が思ったのは、もうこれからは気軽に毎日会えなくなるからなのかもしれない。

そんな感傷めいた気持ちの中で、三年間通い続けた社会科準備室をぐるりと見回した。

今日は校内も静かだった。

白石先生はさっき三年間よく勉強したと言ってくれたけど、僕は本当にちゃんと勉強していたんだろうか。この中学校での三年間は、やっぱり勉強よりも、友達と過ごした時間の方が比重が大きかったと自分では思う。中でも、だいちゃんの存在

3

は大きかった。だいちゃんの顔しか浮かばないくらい、僕はだいちゃんからものすごく大きな刺激をもらい続けた。まわりの子もきっとそうだろう。それぐらい、だいちゃんは大きな影響力を持っていた。僕らの小学校時代を知らない子たちからは、「なんで上田と仲良いの」っていう質問もよくされた。

僕らの中学校は、僕のいた小学校と、隣の丘の小学校の二校の生徒が集まって通っていた。だいちゃんは野球部に入ってから、隣の小学校にいたキャッチャーの大宮と仲良くなって、クラスも一緒だったから普段はいつも大宮と行動を共にしていた。

大宮も体のでかい奴で、隣の小学校では一番有名だった。その大宮と、だいちゃんは小学校の修学旅行中に、あやうく喧嘩になりそうになったことがあった。泊まった洞爺湖のホテルの階がたまたま同じで、食事の後の自由時間に廊下でばったり鉢合わせして、睨み合いになったんだ。

「なによ、お前」

「おめえこそなによ」

向こうは五人、こっちは二人。これ絶対ヤバいやつだって。

「あ、先生が来た！」

ってとっさに僕が嘘をつかなかったら、ほんとに喧嘩になっていたと思う。

だいちゃんは当時入っていなかったけど、僕らの小学校には野球のチームがあって、隣の小学校とよく試合をしていたらしい。大宮は空手もやっていたからそっちの友達も多くて、スポーツで繋がっている奴らだった。年より大人で、ちょっと悪くて、すんごいお洒落で。「髪型が崩れるぜ」って言ってプール授業なんて一回も出たことないような、そして先生方も奴らのすることだけは黙認しているような、そういうグループ。だいちゃんは大宮たちと仲良くなってから、奴らの影響からか服装が少し乱れた。またそれがよくだいちゃんに似合っていて。本当だったらだいちゃんは最初っからそっちのグループに入っていてもおかしくなかった。いろいろあって僕と仲良くなったけど、半分くらいの子たちはそんな僕らの歴史を知らない

3

わけで。

だいちゃんと僕の仲が良いことを知っている大宮は、廊下や玄関で顔を合わせると、

「おう、まこと」

ってよく声をかけてくれた。顔はいかついけど話したらすごいいい奴で、でも、大宮を始めとする仲間の奴らが五人も六人も十人も集まっているような、他の生徒がよけて通るような、そんな威圧感ばりばりのグループの中に時折僕がすんと入って話をしていることが、僕らの小学校時代を知らない子たちには不思議でしょうがなく映っていたんだろう。

大宮は早い時期から将来なりたい職業が決まっている数少ない生徒のひとりで、「両親が寿司が好きだから、寿司屋になって寿司を握ってやるんだ」といつも言っていた。中学を卒業したら寿司屋に修行に行くから勉強なんてしなくてもいい、と言って野球ばかりやっていたのに、この前いざ両親と寿司屋に面接に行ったら、

「高校出てから来い」

と言われたと、慌てて勉強を始めていた。数学や英語の基礎からだいちゃんに教えてもらっている、と普通に聞いたら笑えないような話が笑い話になっているのは、大宮の明るいキャラクターのせいなのかもしれない。

だいちゃんも目標を決めて勉強を頑張っているし、僕はどうしたいんだろう。

皆それぞれどこの高校を受験するか、っていう話は教室で今一番僕らの関心のある話題で、僕だけが、依然宙ぶらりんの状態だった。卒業したら、この社会科準備室ともお別れだ。行こうと思って行かなきゃ来れない場所になってしまうんだ。

でも、それも仕方ない。ずっとひとつの場所に留まっていることは出来ないんだから。

これから僕は、どこに向かって歩いて行こう。

ふわふわと漂う僕を見守るように、入学時からそこに変わらず悠然と佇んでいる白樺の木が、窓越しから僕を見つめていた。

3

心の種

学校から一歩外に出ると、ずいぶん風が冷たく感じられた。

もう十月だし、夕方に近いし、当たり前だけど秋なんだと実感した。これから山が少しずつ色付いてくる。紅葉が終わったら、雪だ。悲惨だ。長くて陰気臭い冬だ。受験だ。今年は秋のぬくぬくした柔らかい日差しや山あいのもみじを楽しんでいる余裕はなさそうだ。でも紅葉の前に、学校祭だ。

受験、受験と言いながらも、学校はしっかりスケジュールに年中行事は入れてくる。面倒だなぁって思っていたけれど、案外どのクラスも、去年よりも楽しそうに準備に盛り上がっていた。一緒のクラスになって二年目にもなると結束も強くなっていくものだ。

うちのクラスの出し物は「恐竜の世界」の展示に決まり、各グループに分かれて仕事を分担した。放課後残って掲示物を作成したり、こうやって男女混じってわいわい皆で一緒に帰るなんてことは、今まではなかったことだ。半年後には卒業して皆ばらばらになるっていう感傷が少しは手伝っているからなのかもしれない。同じ年中行事をこなしているのに、去年と今年は、全然違う。写真を見ても、たった一年で皆すごく変わった。背が伸びたり、声変わりしたり、色気付いて髪型に凝りだしたり。誰と誰が付き合ったとか、別れたとか、そんな話も最近はよく耳にするようになった。

だけどうちのクラスに限っては、そういう話は皆無だった。だいちゃんのいる一組は、勉強もスポーツも出来る子が多くて、このクラスが学年の雰囲気に大きく影響を与えていた。二組は女子が強い。可愛い子も多いけど、なんかコワい。男子が尻に敷かれてる感じだ。そんなふうにクラスごとにいろいろ特色が分かれていて、僕のクラスは、他よりちょっと幼いというか、和気あいあいという雰囲気がほんわか流れていた。こうして、爽やかで色気も何にもない話題で盛り上がっていると小

3

学生の頃を思い出す。

「聞いて聞いて、この前の結城の数学の点数ー」

「やめろやー！　誰にも言わないって言ったろ！」

「言ったっけ？　そんなこと」

「はー？　マジムカつく」

　ふざけながら歩く僕ら男子たちの様子を眺めながら、後ろから固まってついてくる女子たちが賑やかな笑い声を上げた。

　昔、アイヌ語で「ツキサップ」と言われた僕らの住む土地には、緩やかな丘陵が広がっていた。坂の先には、昔はこの辺一帯が牧場だったという名残の小さな牧舎と、赤いサイロが建っていて、天気の良い時には牛が草を食んでいる風景を、当たり前のように見ていた。小学生の頃はここまで歩いて来て写生の授業をしたこともあったけれど、高校へ行ったら、もうこの道を通ることはないんだろうな、と、そんな感傷めいた気持ちで一瞬足を止めた僕は、皆の会話の輪から外れて、別れを惜しむように遠くのサイロを眺めた。空には秋の雲が流れていた。

皆で賑やかに話しながら下校して、一人、二人と減っていき、最後は家が同じ方向の三浦と二人きりになった。

「だんだん寒くなってきたね」

僕が黙っても、こうやって話題を振ってきてくれるのがこの子のいいところだ。いつもお互い気を遣い合って真似ばかりしている女子たちの中にいる三浦より、ひとりの時の三浦の方が僕は好きだった。好きって言っても、そういう意味の好きじゃないけど。

「やだなぁ、これからすぐ雪降るんだよ」

「そうだね。すぐ冬来ちゃうね。でも私、冬も好きだよ。きーんって寒い空気の中歩くの嫌いじゃない」

「僕はやだ、耳もげる」

「あのね、まだ雪が積もらないくらいの寒い日に、道路に薄い氷が張ってることあ

3

るでしょ。その氷をね、割るのが好きなの。ぱき、って靴の裏に感じる、あの冷たい音が好き」

音楽を愛する人間の豊かな感性に対応できる言葉を持たない僕は、ただ三浦の言葉に頷きながら黙って歩いた。

三浦の歩調は僕よりもちょっと速くて、ぴょこぴょこリズムを取るようにして歩くのが癖だ。いつも半歩くらい僕の先を歩く。去年肩にかかるくらいの長さだった三浦の黒い髪は、今では背中の半分くらいまで伸びていた。斜めに傾きかけた陽の光を反射してさらさらと風に流れている。一瞬、その髪に触れてみたいと思い、そんな心の動きを知られたくなくて、さらに僕は無口になった。

「雪の降る音をじっと聴いているのも好き。車の音の聞こえない場所にいるとね、静かに耳澄ましてると、音がするんだよ。雪の積もる音。集中してると、それしか聴こえなくなるの。全然、違う世界にいるような感じになるんだよ」

雪の音。そんなの意識して聴いたこともなかったけれど、何もない真っ白な雪原に三浦がひとり立って、白い息を吐きながら耳を澄ましている姿を想像したら、悪くなかった。僕のイメージの中ではその世界は無音だったけど、きっと三浦には、どこにいても、何かの音が聴こえているんだろう。

「前にまことくん、高校行ってもフルート続けるのって聞いてきたことあったでしょ。私もちろんって答えたけど、今、迷ってるんだ」

えっと僕は顔を上げた。

「どうして?」

「うちの親、私がフルート続けること、あんまりよく思ってないの。口には出さないんだけど。このままずっと音楽続けて、音大に行きたいって言い出されたらどうしようって、心配してるのよ。音大って、すごくお金がかかるから。音楽で食べてける人なんて才能のあるほんの一握りの人だけだよねって、たまにさりげなくそんなこと言われる。うちの身内に音楽やってる人なんてひとりもいないから。私、突然変異なの」

3

「そうなの？」

「うん。親って、ずるいよね。あなたの好きにしなさいなんて口では言いながら、自分の行かせたい方向に誘導してくるんだから。態度で示されるのって、言葉で言われるより、きつい。自分の言いたいこと、何も言えなくなっちゃう。言われてることと、求められてることが違うと、混乱するんだよ」

親か。三浦の前に立ちはだかった大きな壁の存在を僕は思いやった。

たしかに三浦んちのお母さんは怖かった。小学一年の時、僕は三浦の家に一度だけ遊びに行ったことがある。三浦にはいっこ上にお姉ちゃんがいて、またそれがすごい人懐っこいお姉ちゃんで、僕らはその時すぐに打ち解けて仲良くなった。その時お姉ちゃんは、これから近所の公園で紙芝居が始まるから三人で行かないかと誘ってきた。僕も興味をそそられて、行こう行こうと乗り気になったところで、でもひとり百円かかるんだと言った。今になって考えたらかなりあやしいというか、子供相手にあこぎな商売をするなと突っ込みたい話だけど、子供の頃の僕らはそんな判断もつかずに、どうしようとそこで悩んだ。もちろん僕はお金なんて持って歩いてないし、でも紙芝居は見たいし、ここまで行く気になって僕だけ行けないなんて……と紙芝居の誘惑に駆られているところに、

「お金、あるよ。隠してある場所、知ってるよ」

と、お姉ちゃんは悪魔のささやきを口にした。

ここ、と指差した場所は、茶の間にある棚の一番上で、子供の手には届かない高さにあった。いや、でも、と躊躇する僕に、大丈夫、とお姉ちゃんはくるくる回る回転椅子を隣の部屋から持ってきて言った。

「私、椅子を支えてるから、まことくん、ここに上がって取って」

お姉ちゃんにすっかりリードされるかたちで、僕は言われるまま椅子に上がった。そうして棚の上にある貯金箱に手を伸ばしたその瞬間、玄関のドアの開く音がしたらしい。

「お母さんが帰ってきた！」

3

三浦と三浦のお姉ちゃんは、見事な速さで僕を置き去りに蜘蛛の子をちらしたようにぴゅっと茶の間からいなくなってしまった。人んちの物音に疎い僕は、椅子に上がったまま、ぽつんとひとり取り残された格好で三浦のお母さんと初対面した。

「何やってんのーーー！」

その後僕は、仁王立ちになった三浦のお母さんに三十分は説教されていたと思う。言い訳する隙も与えてもらえず、僕は何も言えないままずっと、初めて会う人のお母さんにしこたま怒られていた。普通に考えて、初めて行く家のお金の隠し場所を僕が知っているなんておかしいだろ、って言いたかったけど、そんなことを言わせてもらえる雰囲気も余裕もなかった。三浦のお母さんの背後で、戸の隙間から心配そうにこちらを窺うお姉ちゃんの姿が、今も目に焼きついている。白いノースリーブのワンピースを着ていたから、あれはきっと、夏だったんだろう。助け舟を出せば今度は自分が怒られるから怖くて言い出せない、そんな感じで隠れながら僕のことを見つめていた。僕の親は子供がここまで怯えるほど怖くはなかったから、僕は自分が怒られながらも、今にもちびりそうになっているお姉ちゃんが可哀想に見えて、ほんとのことは最後まで黙っていた。

ドロボーの悪ガキ、というレッテルを貼られた僕はすっかり三浦のお母さんから嫌われて、あの子とはもう遊ぶなと禁止令まで出ていたらしい。悪事を全部僕がかぶったことで三浦は済まないと思ったのか、その後も親にかまわず隠れて僕らはよく遊んだ。さすがにもう家には行けなかったけど、なぜか僕らは大胆にも三浦の家の側の、紙芝居のいわくつきの公園で遊んだりした。

「お母さんがこっち見てる！　まことくん、隠れて！」

常に母親の視線を気にしている子供特有の素早さで、三浦はいつもそうやって真っ先に僕の腕を引っ張って、二人で背の高い草の蔭にぴょこんと頭を隠したものだ。子供の遊ぶ気配を察知するのか、時々三浦のお母さんは玄関の前まで出てきてこっちの様子を窺っていた。あの時腹ばいになった時に感じた青臭い葉っぱや、土の匂いまでもが鮮やかに記憶に残っている。あんな本気版かくれんぼがあの頃はと

3

ても楽しく感じた。

僕のやや濡れ衣的な悪事は、その後学校やうちの親にまで話がいくということはなくて、そう考えたら、その場でカミナリを落として終わりっていうさっぱりしたいいお母さんだったのかもしれない。

それにしても、あの時のあの姉妹の逃げ足の速さといったらなかった。あの当時の二人にとっては、怖いお母さんだったんだろう。今もかもしれないけど。

だけど、いくら親が望んでないとは言っても、ほっとけばいつまでも音楽の話をしているような三浦が、音楽から離れた生活をするなんて、ちょっと僕には想像がつかなかった。

わからないだけで、皆いろんな悩みがあるんだ。三浦の悩みの重さに怖気づいた僕は、相変わらず気の利いたことなんて何も言えなくて、三浦も黙ってしまって、しばらくの間僕らは無言で歩いた。

歩いている僕らの前方から、一組の親子がこっちに向かって歩いてきた。母親と手をつなぐ女の子のもう片方のちっちゃな手には、赤い風船が握られていた。歩きながら女の子が腕を振るたび風船も揺れて、それは楽しげに踊っているように見えた。

「まことくん、四年生の時の学校祭で、花いっぱい運動したの覚えてる？」

沈黙を破って三浦がそう話しかけてきた時、僕もちょうど同じことを思っていた。あの年の行事の催しはクラス別でやる仮装行列だった。僕のクラスの三組は皆でピーターパンの仮装をした。三浦は女子がやりたがったやつナンバーワンのティンカーベルの役をゲットしたからいいけど、僕なんてピーターパンについていく子供の役だった。クマのぬいぐるみ持たされてパジャマみたいな格好で行列を練り歩かされて、サイアクだった。

風船の紐に花の種をつけて飛ばす、という企画が、そのイベントのメインだった。僕たちの住む町を花でいっぱいにしましょう、という趣旨で、それが全校児童全員分の風船を飛ばしたならきっと豪華な光景になっただろう。予算の関係上、それは

3

難しかったのか、当日はひと班に一個ずつの風船が割り当てられた。

「あの時」

声が揃って、僕らは顔を合わせて笑い出した。幼馴染みはいい。なんの説明がなくても、こうして笑い合える。何年経っても、何度でも同じことで笑い合えるいくつもの思い出を僕らは共有している。

「インディアンの格好しただいちゃんが厚紙で作った槍で風船つんつんして、ばん！って割っちゃったんだよね」

「バカすぎて笑った」

風船、割らさった。だいちゃんが言うと、割ったんでしょうー！　と、声を揃えて怒った女子たちにたちまち囲まれていた。こんなシャレにならない場面で、僕は皆に悪いと思いながらもつい笑ってしまった。変な格好して変なことやって、どうしようって青くなってるだいちゃんが、すごくおかしかったから。

「あの時は笑えなかったよ。だいちゃん、そんなことしたら割れるよって何回も注意したのに、ほんとに割っちゃうんだもん。ほんっと信じらんないって思った。それで言ったことが、割らさった、だよ？　勝手に割れた、みたいなこと真顔で言ってさ」

「槍持ってるだいちゃんに風船なんて渡すからだよ。絶対やるに決まってるのに」

風船の余りなんてなくて、困っただいちゃんたちは美春先生に言いに行った。さすがの美春先生もあきれた顔をしながら、僕の班の風船に一緒に付けようと急場しのぎの案を出してくれた。

僕らは皆で輪になって、だいちゃんの班の割れた風船の紐にぶら下がっていた花の種が入った袋を、僕らの班の風船に括り付けた。これ、飛ぶの？って思いながら。

グラウンドの中央で待機してさんざん待たされた後、教頭先生のアナウンスで、児童たちは持っていた風船をいっせいに放した。一個分多い花の種を付けた僕らの班の風船は、僕らが見守る中、まわりの風船よりも少し出遅れて、ゆらゆらと重そうな体を持ち上げてゆっくりと上昇していった。その時、強い風が吹いて、風に乗った色とりどりの風船は、西南の空に上り小さくなっていった。

　僕らはずっと、自分たちが飛ばした風船を目で追いかけ、空の点になるまで眺めていた。

　あの時飛ばした僕らの風船は、あれからどこに辿り着いて、どんな花を咲かせたのだろう。三浦は本当に、フルートを続けることをあきらめてしまうんだろうか。

　ぱちん、とこの時、僕の中のスイッチが入った。

「音楽続けたいなら、今親に言わなきゃ後悔するよ」

　突然話題を戻した僕に、三浦は少し驚いた顔をした。

「プレゼンテーションってあるでしょ。社会人になったら皆一度は経験するって、この前近藤先生が言ってたやつ。企画や商品を買ってもらうために、それがどんなに素晴らしい価値のあるものなのか説明して、魅了させて、説得することだって。人が人生で一番最初にプレゼンする相手は、自分の親なんだよ。衣食住も、学校も、全部お金出してくれてるのは親でしょ。塾に行きたいって言って、月謝が何万もするところに通わしてもらって、でもそれは当たり前じゃない。欲しいものがあったら、どうしてそれが必要か、行きたい学校があったらどうしてそこに行きたいか、意見の違う親に対して自分の言葉で説明して、よし、それだったらお金を出してやるって言わせるように、自分で説得しなきゃいけないんだ」

と、この前だいちゃんが言っていた。全部だいちゃんの受け売りだけど、僕はかまわず喋り続けた。敵だって必死だ、出来れば余計な金は出したくないって思ってる。だから理屈が弱ければそこを突いてすぐに揚げ足を取ってこようとする。

だからそれを説得するんだ。伝える言葉を考えて、考えて、最後は首を縦に振ってもらえるように説得するんだ。屁理屈じゃなくて、ほんとの思いをぶつけるんだ。どこまで自分が本気か、見せるんだ。僕は思う。自分の娘が、音楽に対してこんなに豊かな感受性を持っていると知ったら、それを取り上げるような親なんていないんじゃないかって。それに、好きな食べ物を一生食べずに生きていけ、なんて人に言う権利は、たとえ親でもないんだ。三浦に足りないのは、親に自分を理解してもらおうとする強い気持ちだ。最初から、言う前からあきらめてるなんて、おかしいよ。言っても理解してくれなかったら、そこで初めて悩めばいいじゃないか。

三浦はびっくりした顔をして僕の顔を見ていた。そうして、しばらく沈黙した後、

「そうだよね、私まだ、親に何も言ってない。望んでないんだろうなって勝手に解釈して、隠さなきゃいけないんだって、思ってた」

親が望むいい子演じてたのかなぁ、とひとりで自問自答をはじめた。僕やだいちゃんには絶対ない優等生らしい疑問だ。三浦は昔からしっかり者で真面目な子だった。

だけど、家の中ではものすごく親に気を遣っていたんじゃないだろうか。

僕のお父さんの口癖は、「察するな」「察してもらおうとするな」だった。態度で表して人に察してもらおうとするのは、正しいコミュニケーションのあり方じゃないんだって。だから、伝えたいことはちゃんと言葉にして言え、って。そうか、親の気持ちを先回りして察してばかりいたら、こんなふうに自分の気持ちが言えなく

なってしまうんだ、と、僕は結城家のルールを誇らしく思った。

どこまでが三浦本来の姿で、どこからが親の目を意識した姿だったんだろう。でも、過去なんて関係ない。たとえ今までずっと親の期待に応えようと自分を抑えていたのだとしても、大事なのは、これからじゃないか。少なくとも、音楽だけは確実に三浦の中に息づいていたのだから。それさえ手放そうとしていた三浦に、哀れを通り越して怒りさえ覚える。自分のことは棚に上げて。

「親のこと大好きだったら、そうなるのもしょうがないよ。でももう中三なんだし、これからは自分の望むことに向かっていってもいいんじゃないの。義務教育はもう終わるんだから、親に対する子供の義務も、終了！」

僕がそう言うと、三浦は真面目な顔で僕を見つめて、そして、「ありがとう」と言ってふっと笑った。その口元から小さな八重歯がこぼれて、どき、と僕の胸が鳴った。

「そうだよね。お母さんが学校に行くわけじゃない、私が行くんだもんね」

3

三浦は、さっきとは別人のように明るい表情になっていた。

「僕だって、あるよ」

「えっ？」

「やりたいこと、僕だってあるよ」

あれから、だいちゃんと話をした日から、僕も真剣に自分の進路のことを考え続けていた。そうしたら、白石先生の顔しか浮かばなかった。もっと日本の歴史のことが知りたいと思った。教科書に載ってないような、学校の授業じゃ教えてくれないようなことを教えてくれる白石先生みたいな先生のいる高校だったら、行ってみたいと思った。

「私、知ってたよ」

「えっ？」

今度は僕が三浦に聞く番だった。

「だってまことくん、歴史の授業の時だけは、全然態度が違ってたもん。そのうちそう言うだろうなって、私思ってたよ」

　そうなんだ。

　三浦からは、僕のこと、そう見えてたんだ。ふうん。そうなんだ。

「うそ、まことくん、自分で気付かなかったの？」

「うん。好きなことって、当たり前に自分の中にあり過ぎて、逆に気付けなかった。今まで悩んでた時間って、何だったんだろ」

「『青い鳥』みたいだね」

「例えが女子なんだよなぁ」

「女子ですから」

　軽口を叩きながら歩いていたら、三浦の家の前まで来ていた。

「白石先生だったら、そういう先生のいる高校、知ってそうじゃない？」

「うん。明日、白石先生に相談してみる」

　じゃあまた明日ね。うん、また明日。

3

家へと向かって歩く三浦の後ろ姿を見送って、僕も自分の家へと歩き出した。いつになく足が軽い。やっと僕も、自分の進むべき進路を見つけた。バンザイ。行きたい方向が定まったんだから、あとは、前に進んでいくだけだ。

僕はだいちゃんみたいにはなれないけど、僕は、僕の種を飛ばすんだ。

そう思いながら、僕は大きく空を仰ぎ見て、あの時飛ばした僕らの風船を空に探した。

〈著者紹介〉
美山よしの（みやま　よしの）
1977年北海道生まれ
日本大学文理学部文学専攻（通信教育課程）卒

ぼくらの風船《ふうせん》

2023年9月1日　第1刷発行

著　者　美山よしの
発行人　久保田貴幸

発行元　株式会社 幻冬舎メディアコンサルティング
〒151-0051　東京都渋谷区千駄ヶ谷4-9-7
電話　03-5411-6440（編集）

発売元　株式会社 幻冬舎
〒151-0051　東京都渋谷区千駄ヶ谷4-9-7
電話　03-5411-6222（営業）

印刷・製本　中央精版印刷株式会社
装　丁　大石いずみ

検印廃止

Printed in Japan
ISBN 978-4-344-94618-7 C0093
幻冬舎メディアコンサルティングＨＰ
https://www.gentosha-mc.com/